생명이
빛나는
순간

생명이 빛나는 순간

1판 1쇄 발행 ｜ 2017년 12월 10일

지은이 ｜ 임성일
발행인 ｜ 이선우
펴낸곳 ｜ 도서출판 선우미디어

　　　등록 ｜ 1997. 8. 7 제305-2014-000020
　　　02643 서울시 동대문구 장한로12길 40, 101동 203호
　　　☎ 2272-3351, 3352 팩스: 2272-5540
　　　sunwoome@hanmail.net
　　　Printed in Korea ⓒ 2018. 임성일

값 13,000원

※ 잘못된 책은 바꿔 드립니다.
※ 저자와의 협의하여 인지 생략합니다.
※ 이 작품집은 성남시로부터 제작비 일부를 지원받았습니다.

이 도서의 국립중앙도서관 출판예정도서목록(CIP)은 서지정보유통지원시스템
홈페이지(http://seoji.nl.go.kr)와 국가자료공동목록시스템(http://www.nl.go.kr/kolisnet)에서
이용하실 수 있습니다.(CIP제어번호: CIP2018040130)

ISBN 978-89-5658-593-2 03810

생명이
빛나는 순간

임성일 법 에세이

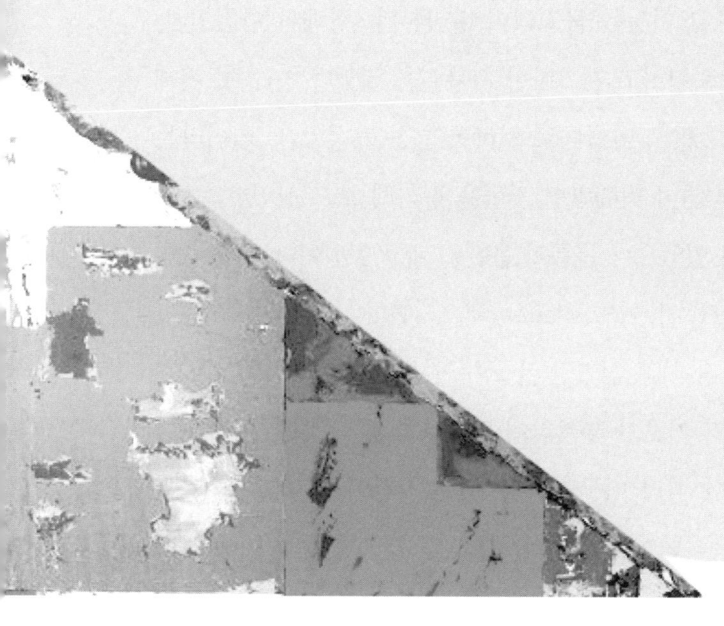

선우미디어

서문

아침에 눈 뜨고 천장을 물끄러미 바라본다. 상쾌한 아침이다. 정년이 되어 퇴직하고 자그마한 사무실을 열었다. 마음이 편해서 좋았다. 생각 없이 마음대로 얼마동안 살고 싶었다. 일이라는 핑계 아닌 핑계 대며 미뤄왔던 것들을 정리해 보고 싶었다. 음악에 대한 갈망이 있었으나 틈틈이 음반도 내고 공연이나 방송 출연하는 것으로 갈증이 어느 정도는 해소되었다.

이제 내가 가장 하고 싶었던 글 쓰는 일을 하고 싶다. 워낙 글재주가 없는데다가 기초가 부족하여 엄두조차 내지 못했다. 그러나 나이가 들어감에 따라 머뭇거릴 수 있는 시간이 없지 않은가. 천리 길도 한 걸음부터이니 우선 한 걸음 한 걸음 걸음마를 해 보자는 심정으로 시작했다.

여전히 글 쓰는 일은 어렵다. '남들은 잘하는데 나는 왜 못하지?' 하는 물음표를 수없이 허공에 던져 보았으나 대답은 메아리로만 되돌아 왔다.

글은 잘 못 쓰더라도 시도는 해보자며 마음을 다잡곤 했다. 그러나 내가 쓴 글을 다시 읽어보면 '이 정도밖에 안 되나. 그만 둘까.' 번민도 많았으나 그럴수록 '누가 처음부터 잘할 수 있냐?'며 용기를 냈다.

이 글들은 '법 에세이'로 검찰, 집행관, 법무사로서 법과 접촉하면서 보고 느꼈던 경험을 바탕으로 썼다. 그래서 실존인물도 등장하기에 성명과 일시, 장소를 가명으로 쓴 부분이 많다. 또한 그들의 명예를 보호하기 위해 다르게 표현한 부분도 있다. 나의 글로 인하여 그들의 명예에 손상을 입지 않도록 노력했지만 혹 상처가 되는 사람도 있지 않을까 염려되기도 한다.

나로 하여금 이 책을 쓰도록 용기와 격려를 해주신 주위의 선생님 · 가족 · 친구 · 친지들에게 감사의 말씀을 전하고 싶습니다.

2018년 초겨울
임성일

차례

chapter01 아버지의 유산

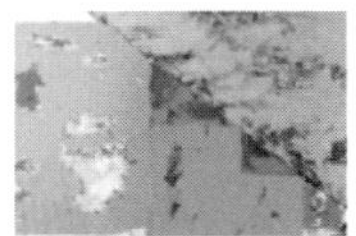

chapter

01

아버지의 유산

'초짜' 수사관

"피해자의 핸드백을 날치기한 사실이 맞나요?"

피의자심문조서를 작성하며 묻는 말이다. '네, 죄송합니다.' 하는 대답을 당연히 기대하고 있었는데

"아닙니다. 저는 날치기한 사실이 없습니다."

내 눈이 커졌으며 의아한 눈초리로 그를 쳐다보았다.

학교를 졸업하고 수사기관 공무원이 되었다. 그곳에서 수사보조부서에서 1년여를 근무하였으며 순환보직으로 1년이 지나면서 수사부서로 발령 받아 직접 수사를 담당하고 있었다.

수사보조부서는 잘 갖춰진 매뉴얼이 있고 일을 쉽게 배울 수 있다. 옆 동료에게 물어가며 빨리 배우고 익숙해진다. 그러나 주 업무가 수사기관이니 언젠가는 수사 업무에 종사해야 했다. 이번

인사이동에서 검사실로 발령이 났다. 어떤 임무인지 알아보았다. 수사부서는 피의자를 직접 심문하는 일이 주 업무이니 중간 상황 변수가 많아 임기응변을 잘 해야 한다고 하였다. 수사보조를 하며 수사 기록을 본 적이 있기 때문에 큰 문제는 없을 것이라고 생각했다. 직접 수사는 처음 해 보는 것이므로 매뉴얼부터 챙겨 보았다. 수사관이라는 사람이 처음부터 피의자에게 밀리면 제대로 수사를 할 수 없다는 생각이 들었기 때문이다.

처음 배당받은 사건이 날치기 상습절도였다. 경찰에서 초동 수사한 내용과 증거물들을 살펴보았다. 경찰에서 자백했고 증거도 많이 확보되었다. 수사기록을 꼼꼼히 살펴보았다. 당시는 컴퓨터가 없어 타자기를 이용하여 심문하고 조서를 작성하였다. 타자기 옆에 나만 알아볼 수 있게 문답을 적어 놓았다. 그 문답도 안 보고도 할 수 있을 정도로 외워 놓았다. 처음부터 잘해야 수사관으로서 자질이 있다는 평가가 나오기 때문이다.

전화로 피의자를 불렀다. 호송관이 포승줄로 피의자를 묶어 데리고 들어왔다. 40대 정도의 평범해 보이는 사람이어 안심이었다. 사납게 생기면 우선 기가 죽을 것이기 때문이다. 앞에 앉게 한 후 심문을 시작했다. 날치기한 것이 맞느냐고 물었으며 당연히 '네'라고 대답할 것이라 생각하고 '네 그런 사실이 있습니다.' 라고 타자를 치고 있었다. 대답이 바로 없었다. 눈을 들어 쳐다보니 그가 묵묵히 있다가 고개를 좌우로 흔들었다.

"아닙니다."

부인할 것이라고 생각 전혀 하지 않고 있었는데 아니라고 대답한 것이다. 그러니 미리 외워 두었던 다음 질문할 내용이 전혀 쓸모가 없어진 것이다. '네'라고 대답하여야 다음 질문을 할 수 있도록 마음속으로 생각하고 있었기 때문이다.

"아니, 경찰에서는 자백을 했잖아요?"

"아닙니다. 경찰관이 강압적으로 수사를 하여 거짓말로 대답한 것입니다."

아뿔싸, 이게 웬일이람 자백할 것으로 생각했다. 부인한다는 것은 전혀 고려에 없었기에 당황하였다. 준비한대로 진행하면 깔끔하게 정리가 되고 조사가 마무리 된다. 착해 보이는 사람이니 거기다 동정심을 받을 수 있는 점을 추가하여 조서를 작성하면 서로 좋은데, 이 사람이 갑자기 배반한 것이다. 더 이상 말이 막혀 물어볼 말이 없었다. 생각지도 않게 뒤통수를 얻어맞았다. 갑자기 말을 잃어 적당한 질문을 하지 못하고 입이 붙어 버렸다. 멘붕이 온 것이다.

"경찰에서는 자백을 해 놓고 처벌이 두려워서 지금 부인하는 것이 아닌가요?”

 같은 말만 되풀이하고 물어보고 같은 답변만 계속되고 있었다. 진척이 없었다. 정말 난감했다. ‘똑똑한 사람 중에 한 사람이라고 자부하고 있었는데 이게 웬 창피한 일이란 말인가.’ 그렇다고 신참이라 마땅한 대안이 떠오르지 않아 식은땀만 뻘뻘 흘리고 있었다. 저쪽에 앉아 있던 검사도, 내가 처음 조사를 하는 ‘초짜’라는 것을 알고 있으니, 안 보는 척 하면서 곁눈질로 쳐다보고 있었다. 처음에는 어떻게 이 상황을 타개하나 바라보고 있었다. 검사의 생각은 수사관은 초임 신참이고, 피의자는 절도 전과 10범이 넘고, 교도소 복역도 많이 한 능란한 사람이니 처음부터 상대가 되지 않음을 알고 예의 주시하고 있었던 것이다. 해결이 어렵다는 생각이 들었던지 검사가 책상에 앉아 있다가 일어나 빠르게 피의자 앞으로 다가갔다. 피의자가 멈칫하였다. 검사가 손으로 책상을 탕하고 치면서

 “이 사람이 무슨 거짓말을 그렇게 해. 나하고 한번 해보겠다는 거야!”

 검사 한마디에 날치기한 사실이 없고 강압수사 때문이라고 우기면서 부인하던 피의자가 갑자기 말을 바꿔

 “네, 제가 훔친 것이 사실입니다.”

어안이 벙벙하는 게 아닌가. 검사는 회심의 미소를 지으며 자기 자리로 되돌아갔다. 순간, 바보가 된 셈이다. 괘씸하고 화가 났으나 혼자 분을 삼켰다. 나를 우롱한 것을 생각하면 뺨이라고 한 대 갈겨주고 싶었으나 참았다. 한숨을 내쉬면서 조사를 시작하고 조사를 마무리 지었다. 그 후 피의자는 일사천리로 술술 자백하였다.

어느 사회나 집단의 힘도 필요하지만 신참과 고참이 있기 마련이다. 내가 칼자루를 쥐고 있는 형편이었으나 요령 없어 제대로 사용하지 못하였다. 아마 피의자는 내가 신참이라서 장난삼아 한 것이리라. 그들은 수사관의 얼굴만 봐도 잘 안다고 한다. 물론 그 업계에서는 고참이니까 말이다.

이렇게 시작한 수사 업무가 능수능란한 피의자들에게 시달리면서 업무능력은 발전했다. 신참으로 수사업무에 걸음마를 시작했던 것이 엊그제 같은데 벌써 떠날 때가 된 것이다. 항상 신참과 고참은 상황에 따라 바뀔 수 있다. 수사에서 고참이 되었으나 또다시 다른 곳에서 새로운 일을 하게 되면 다시 신참이 된다.

결국 인생은 도돌이표인가?

부검(剖檢) 후

하지가 지난 어느 날, 비라도 내릴 것 같은 후줄근한 날씨다. 강남병원 영안실에 들어서는 순간 비릿한 노린내가 코를 찔렀다. 아침부터 언론에 대서특필된 서울대학병원 내과과장이 실종되었다가 10여일 만에 대모산 기슭에서 주검이 발견되었으며 사인을 밝히기 위해 부검을 하는데 나는 담당 검사와 같이 그 부검 현장에 참여한 것이었다.

보통 부검은 부검의가 집도하고, 검사와 검찰수사관이 참여하는 경우가 대부분이다. 그들이 도착하자 서로 수인사를 하고 부검의는 아주 익숙한 솜씨로 부검을 시작한다.

먼저 사체의 외관을 살펴는 것으로 검시가 시작된다. 보통의 사체들은 영안실 냉동고에 깨끗이 씻어 보관하여서 핏기가 없어

새하얗고 약간의 푸르스름한 색을 제외하고 자고 있는 사람과 별반 다름없다.

먼저 외상이 있는지 누운 상태와 사체를 뒤집어 살펴보고, 손으로 만져보고 굳은 정도와 부패 상태를 실펴 사망시간을 추정한다. 그리고 두개골 상태를 보기위해 날카로운 조각칼로 우선 머리 표피를 죽~죽 그으면 하얀 지방층이 보이면서 머리털과 함께 머리 피부가 절개된다. 그곳을 쇠톱으로 두개골을 톱질하여 잘라낸다. 쇠톱으로 자른 두개골을 벗겨내고, 두개골 내의 상태를 자세히 살펴보고 그 안에 있는 뇌 부분을 고무장갑 낀 손으로 이리저리 밀쳐가며 자세히 살핀 다음, 그중 필요한 부분을 잘라 알코올 병에 넣는다.

그 다음은 가슴부분이다. 자그마한 쇠도끼를 가볍게 쥐고 마치 오른손으로 묘기부리듯이 갈비뼈를 툭 툭 치는데 갈비뼈가 아무런 저항 없이 무 잘려 나가듯이 잘려나간다. 것이었다. 내장을 보호한다는 그 갈비뼈가 힘도 못써보고 후두둑 끊어지는 것이다. 그 안에 있는 간, 쓸개, 허파, 위장, 소장, 대장 등의 상처를 살펴보고 그 중 필요한 내장도 일부씩 잘라 알코올 병에 넣는다. 그 시료들은 모아 과학수사연구소에 보내 정밀검사를 한 후 부검의의 검시와 시료(試料)들을 종합 분석하여 최종 사인을 결정한다.

언론에 의하면 그는 수 일 전에 실종되었으며, 지나가는 등산객이 발견해 경찰에 신고하고 현장에 출동하여 경찰관이 사체를 이 병원에 안치하고 부검을 하게 된 것이다.

더운 여름에 오랫동안 방치된 상태라 사체는 상당히 부패된 상태였다. 특히 그날은 우중충하였던 날씨 탓에 냄새가 더욱 심했다. 그동안 강력사건 담당이어서 부검에 몇 번 참여하였음에도 이렇게 심하게 부패된 사체는 처음이었다.

부검의는 우리나라에서 가장 유명한 이정빈 교수님이었다. 그런데 나는 그분의 부검을 보면서 약간 놀랐다. 그는 딱딱 껌을 씹어가면서 망자와 같이 지냈던 추억담을 이야기하였다. 부검의는 사체의 두개골을 쇠톱으로 자르고 쇠망치로 갈비뼈를 자르면서 얘기했다.

"얘는 나와 대학교 동창생으로 같이 술을 많이 마시고 다녔는데 이 친구는 술고래지만 어느 누구보다 탁월했지."

그와 같이 놀던 이야기를 웃으면서 친구와 대화하듯이, 즐겁게 놀던 때를 회상하는 이 교수의 냉정한 모습에 놀랐다.

이 사체는 외상은 없었고, 10여 일 정도가 누워 방치되었기에 땅바닥에 닿았던 등 부분은 검게 부패가 되었고, 얼굴 등 각 구멍에는 구더기도 많이 보였다. 외상이 없는 관계로 가슴을 열고 각

장기를 조금씩 떼어내 알코올 병에 조금씩 담았다. 그냥 모르는 사람 부검하듯이 진행하는 그를 보면서 그 전문가적인 솜씨에 나도 모르게 감탄하였다. 진정 프로라는 생각이 들었다.

30여 분이 지나면서 부검은 마무리하였다. 밖으로 꺼냈던 내장은 한 번에 밀어 넣고, 갈랐던 가슴은 듬성듬성 꿰맸다. 머리 부분도 듬성듬성 꿰맸다. 마지막 가는 길이니 좀 더 성의 있게 꿰매주었으면 하는 생각이 들기는 하였다. 보조의사에게 나머지 정리하라 부탁하며 부검을 마치고 그곳을 나왔다.

부검참여가 끝나니 점심시간이었다. 당시에 검사는 고참 검사였고, 나는 입사경력이 짧은 때라 아직은 그 부검장면이 내 머릿속을 꽉 메우고 있었다. 관례적으로 부검하는 날은 거의 등심 먹으러 간다.

부검하는 것을 참관하고 바로 시뻘건 살코기를 먹게 하여 한시라도 빨리 적응시키려는 의도도 있고, 자주 부검 참관한 선배의 의기양양함을 뽐내는 마음이 있었으리라.

나는 소가 도살장에 끌려가듯이 근처에 있는 등심 집으로 들어가 등심 2인분을 시켰다. 아직도 노린내 때문에 속이 메스꺼운데, 그 시뻘건 등심을 보니 속이 뒤틀렸다. 나를 본 검사는 속으로 웃는 것 같았으나, 아무리 안 그러려고 하여도 속이 뒤집어지는 것을 어떻게 할 수가 없었다. 사표를 내지 않으면 하루빨리 이 상황에 적응하는 게 편할 것이라는 배려 아닌 배려에서이다.

"자 이 집 등심 맛이 일품입니다."

다 익지도 않은 등심을 젓가락으로 집어 입속에 집어넣었다. 속으로 끔찍하였으나 뒤로 뺄 수 없어 고기를 젓가락으로 집어 입에 넣고 씹는 순간 '물컹' 하며 핏물이 베어 나오는 것을 맞은편 거울에서 보고는 눈을 질끈 감고 그대로 삼켰다. 말로 표현할 수 없는 묘한 전율이 온몸에 흘러 씹지 않고 그대로 식도에 넘겨버리자 목구멍이 메어지는 느낌에 숨이 막혀서 아랫배에 힘을 단단히 주고 깊은 숨을 들이쉬었다. 식사시간 내내 식은땀을 흘렸다.

※ 그의 사인은 부검의에 의하면 습기 많은 무더운 한여름에 술에 취해 잠들었다가 질식사한 것으로 진단함.

탐욕의 종말

보통 출근하면, 오전에는 업무 준비하며 가벼운 사건을, 오후에는 구속사건을 비롯한 무거운 사건을 처리한다.

그 날 오후 사건은 교통사고 사건이다. 기록을 뒤적이던 중 피해자 '이기상'의 이름이 낯익었다. 사고 도로는 급커브가 많고 한적하여 평소에 과속 대형교통사고가 빈발하는 악명 높은 도로였다. 그 도로에서 승용차가 사람을 들이받고 도망간 뺑소니 사망사건이다.

'이 이름 어디서 보았지?' 생각했으나 즉시 떠오르지 않았다. 피범벅 된 피해자의 얼굴로는 형체를 알아볼 수 없어 시선을 다른 기록으로 돌리던 중 갑자기 떠오른 한 얼굴이 있었다.

"이럴 수가!"

일주일 전 일이었다. 이 지역은 서해안개발 붐으로 땅값이 천정부지로 치솟았다. 자고나면 1억 원씩 올라, 근처 지역까지 들썩거리고 사람들은 흥청망청했다. 투기 광풍이 지나고 일단 잠잠하였으나 오른 땅값으로 인해 부동산 소유자는 수십 억의 거부가 되었다.

교통사고로 사망한 이기상은 정전철과 초등학교 동창생으로 친구 사이다. 이기상은 일찍 도시로 나가서 고생하면서 돈을 모아 중산층의 대열에 들어갔다. 그 후 귀향하여 동네 유지로 살고 있다. 유년시절 이기상의 이웃집에 거주했던 친구 정전철은 가난하여 초등학교조차 졸업을 못해 글을 제대로 읽지 못해 바보라고 왕따 시켰었다.

그런데 이기상은 자기 가방이나 들어주던 정전철이, 감히 쳐다볼 수 없을 정도의 거부가 되었다. 허리띠를 졸라매며 열심히 살아 지금 처지가 되었으나 친구는 노력 없이 부동산 가격이 올라 부자가 되어 심사가 뒤틀렸다. '저런 무식쟁이가 부자가 되는데 나는 뭐야. 고생하고 국가에 기여를 많이 하였는데 무위도식하는 친구가 나보다 나으면 되나?' 하는 생각이 머릿속을 가득 채웠다. '이것은 불공평한 일이다.' 공평을 위해 나누어 갖는 것이 맞다고 생각하기에 이르렀다.

이기상은 친구가 글을 잘 모르는 점을 이용했다. 군청에 대한 청원문제로 주민들의 도장을 받는 과정에서 청원서 밑에 백지를 넣어 도장을 받은 후 백지에 가짜 이전서류를 만들었다. 이 서류를 근거로 친구 소유의 부동산을 넘겨받았으며 사기죄와 무고죄로 쌍방 고소사건으로 비화했다. 시가(市價) 수십 억 상당의 부동산 사기 사건으로 분류되어 중죄로 취급되었다.

이기상은 유관단체인 우리 회사 선도위원으로 직원들과 교분을 쌓아 왔다. 나도 선도위원들과 회의하며 대화한 적이 있으므로 평소 깍듯한 이기상에게 호감을 갖고 있었다. 선입견 때문이기도 하였으나 계약서, 영수증, 증인의 증언을 살펴보면 이기상의 진술에 신빙성이 있었고 정전철이 정식으로 계약한 후 마음이 바뀌어 거짓말한다고 결론을 내렸다.

한 부분이 마음에 걸렸다. 정전철이 워낙 강하게 부인하고 있는데다 그가 자필로 작성한 진정서 글씨가 너무 조잡하였다. '요즘 사람 중에 이렇게 글씨도 못 쓰는 사람이 있나' 하여 초등학교 교과서를 주며 읽게 하였으나 정전철은 그 책조차 떠듬떠듬 읽었다. 연극하지 않는다면 이기상이 제출한 계약서나 영수증에 문제가 있다는 생각이 들었다. 제출한 영수증과 계약서는 타자기로 깔끔하게 작성되었고 도장도 정확히 날인되었으나 자필 서명이 없었다. 모든 증거는 이기상이 제출한 것이 맞았다. 그런데 육감적으로 찜찜하였다. 주의 깊게 주변을 살펴보았으며 주도면밀한 흑막이 있어보였다. 이기상이 제출한 증거가 허위일 수도 있다고 보고했고, 위에서는 '실체적 진실'을 밝히라고 하였다. 주변을 탐문했다. 이기상이 문맹인 동창생인 친구의 부동산을 가로챘다는 소문이 파다하였다.

결론이 뒤집어지며 이기상을 구속하기로 결정하였다. 출석통보를 했다. 다음날 출근하자마자 평소 잘 알고 지내던 동료직원이 사건 처리 결과를 문의했다. 그런 문의를 받으면 대답하기 난감하다. 구속한다고 말하면 피의자는 보나마나 도주한다. 그렇다고 걱정말라 하고 출두한 피의자를 덜컥 구속하면 그 직원으로부터 두고두고 원망을 듣는다. 그 중간인 명쾌한 대답을 못하고 모르겠다며 대답을 회피한다. 알아서 판단하라 맡길 뿐이다. 이기상은 저지른 죄가 있고 수사 진행방향이 자기가 원하던 쪽이 아닌 것 같아, 출두 전에 처리 내용을 미리 알아보고자 한 것이었다.

이기상은 예상대로 소환 날짜에 출석하지 않았다. 그 후 출석요구에 불응하고 연락조차 두절되었다. 이기상을 특정경제가중처벌법위반(사기)으로 인지하여 전국에 지명수배를 하고 기소중지처분을 하였다. 그런데 그 사람이 1주일 만에 싸늘한 주검이 되어 돌아왔다.

그 주검을 보며 인생무상이라는 말이 새삼스레 가슴에 다가왔다. 며칠 전까지 자기는 너무 억울하다고 줄기차게 주장하던 사람이 지금 세상에 없다. 뻔한 거짓말로 우리를 우롱하며 속였다. 속담에 '인간이 죽을 운이 왔을 때 그 상황을 피하면 수명이 늘어난다.'는 말이 있다.

만일 그가 도주하지 않아 구속되어 구치소에 수감되었더라면, 주검으로 내 앞에 누워 있지는 않았을 텐데. 동료직원이 수사결과에 대해 알려주지 않았다면, 출석하여 구속되었더라면 참변을 피했을까. 괜찮으니 출두하라 거짓말하여 구속하였더라면 죽음을 면했을까? 많은 생각이 뇌리를 스쳐 하루 종일 머릿속을 무겁게 돌아다녔다. 그의 죽음이 수사결과를 피하기 위해 도주하다 사고로 사망하였으니, 내가 일조한 것이 아닌가 하는 생각까지 미치면서 가슴이 답답했다.

이기상이 욕심을 줄이고 안분지족하여, 친구의 재산까지 갈취하는 무리수를 두지 않았으면 쌍방고소사건이 되지도 않았을 것이니 도주할 일도 없어, 싸늘한 주검이 되어 돌아오지 않고 살아가지 않았을까.

고향의 친구 사이에 탐욕에 눈멀어 우정을 저버리고, 나만 잘

살 것이니 너는 죽어라 살면서 아귀다툼을 하다니…. 자신이 그렇
듯 허무하게 세상을 하직하게 될 줄 이기상은 꿈인들 생각했으랴
오늘 따라 파란 하늘에 떠 있는 구름이 환하게 보였다.

토착민과 지뢰밭

"멀리 우리 지역으로 부임한 것을 진심으로 환영합니다."

부임하던 날 전입자들과 함께 환영을 받았다. 직장에서 근무경력과 직무수행 능력이 받쳐주고 품위유지에 별다른 문제가 없으면 순위에 따라 상위직급으로 승진한다. 그 대신 남들이 기피하는 곳, 서울에서 멀리 떨어진 곳으로 발령을 받아 1-2년여를 근무해야 한다. 나도 승진하여 남해안의 중소 도시로 발령받았다.

공무원 경력이 얼마 되지 않았던 때다. 공무원 세계의 실상을 잘 모르고 세상 물정에도 어두웠다. 새로운 업무를 맡고 익숙하기 전까지는 많은 시행착오를 한다. 시간과 경력이 쌓이며 서서히 배우게 된다.

지방 근무는 처음이었다. 동료들이 지방에 근무할 때는 특별히

주의해야 한다고 했다. 토착민들의 야합 때문에 곤경에 빠질 수 있다며 겁을 주었다. 모르면 옆 사람에게 물어 보는 것이 좋다고 한다. 그래서 분위기 파악을 못하니 동료직원이 하는 대로 따라 다녀 이곳 생활에 적응해야 한다. 동료가 어디 가자고 하면 가고, 가지 말라면 가지 않는 정도였다.

타지로 발령받아 오면 현지에 익숙하지 않아 우선 사람들과 만나는 것을 피한다. 판단능력이 주어질 때까지 혼자 지낸다. 검증된 유관단체 사람들과만 업무상 제휴를 하거나 식사를 같이 하게 된다. 우리 입장이야 관내 파악을 빨리해야 업무에 익숙해지고 상대는 이런 기회에 관공서 직원들과 친해지고 싶은 생각을 갖고 있으니 쉽게 접근해 온다. 그래서 가끔 구설수에 휘말리게 되고 이해관계가 다를 때에는 문제가 발생한다. 일단 문제가 생기면 내 자신이 책임을 져야 하는 형편이니 항상 조심해야 한다.

부임한 후 한 달여가 지난 어느 날이다. 옆 동료가 "오늘 저녁이나 같이 합시다." 했다.

부임한 지 얼마 안 되니 가깝게 지내는 사람이 없었다. 약속이 없는 경우가 많아 바로 집으로 퇴근한다. 별다른 약속이 없었으므로 동료와 저녁 먹으러 나갔다. 처음 본 얼굴 몇 명이 미리 나와 앉아 있었다. 수인사를 하고 자리에 앉았다.

인사를 하며 살펴보니 우리 업무와 관련이 있는 사람들이다. 변호사, 사무장, 법무사, 우리 회사 선도위원들이었다. 서로 잘 아는 사람들끼리 술을 주고받았다. 술을 마시다보면 술이 경계심을 해제시켜 마지노선이 무너지는 경우가 발생한다. 늦게까지 술자리가 이어져 만취가 되어 귀가했다. 그날 동료는 중간에 바쁘다며 가버렸고 같이 갔던 동료직원이 중간에 가겠다고 했을 때 같이 일어나려 하였으나 너무 완강히 말리는 바람에 그러지 못했다.

거기서 불행이 싹튼 것이다. 취해 인사불성이 돼 버렸다. 이튿날 아침 기억을 되살려보니 중간에 기억이 나지 않았다. 갑자기 가슴이 덜컥했다. 처음에는 동료와 둘이 저녁 먹으러 가는 것으로 알고 나갔다. 그런데 처음 본 사람들이 있었으므로 긴장하고 중간에 동료와 같이 그곳을 나왔어야 했다. 일어날 때를 놓치고 늦게까지 마셔 만취가 되었다. 어떤 이야기를 했는지 기억이 없다. 그때부터 좌불안석이다. 나에게 특별한 볼일이 있었다면 그들이 하는 말이 사실로 받아들여진다. 술에 취해 기억이 없으니 반박도 하지 못한다. 공무원이 인사불성이 되도록 술을 마신다는 것이 품위 유지에 문제가 된다.

부임한 사람을 위한 자리일 수도 있다. 다른 의도를 가진 모임이었다면 나는 아주 나쁜 상황에 직면한 것이다.

앞뒤를 맞춰보니 동료를 먼저 보내고 나만 붙잡고 늦게까지 술을 마시게 한 것을 보니, 내가 함정에 빠진 것 같았다. 동료에게도 별 이상한 낌새도 없으며, 그들에게도 별다른 연락이 없었다. 불안하였으나 환영회 이상은 아닌 것으로 생각했다. 며칠 후 환영회에서 술 마셨던 이 사무장이 전화를 했다. 전화를 받으며 마음이 편치 않았다. 그동안 아무 말 없다가 갑자기 전화하여 안부를 물을까? 의아하게 생각했다.

"왜 우리 아들 사건을 잘 해결해준다고 하여 놓고 소식이 없습니까?"

이 사무장이 따지듯이 말하였다.

"무슨 아들이요?"

아들 이름을 대면서 그 사건을 잘 해결해 주겠다고 약속을 했다고 한다.

'아뿔싸! 뭐가 잘못 됐구나.'

나는 그때 학교폭력사건을 담당하고 있었는데 그는 한 사건 피의자의 아버지였다. 좀 더 신중하게 행동해야 했는데 후회했다.

난감한 상황에 빠졌다. 사안을 살펴보니 사건의 질이 좋지 않았다. 이 사무장의 아들이 상대 피해자를 때려 중상을 입히고 도리어 상대를 협박한 사건이었다.

같이 나갔던 동료에게 상황설명을 하니 자기는 전혀 몰랐다고
한다. 머리를 굴려 보았으나 좋은 방법이 떠오르지 않았다. 적당
히 해결하려 했다. 그러나 그의 평판이 좋지 않았다. 유관기관에
근무하다 얼마 전 비리로 옷을 벗었다고 했다. 만나서 허심단회하
게 대화하고 싶어도 녹음하거나 스스로 잘못을 자인하는 꼴이 된
다. 잠을 설치며 궁리했다. 동료를 따라나선 것이 잘못된 것이다.
동료가 설득을 해보았으나 막무가내라고 한다. 해결은 되지 않고
시궁창에 빠져드는 것 같았다. 그곳은 누구와 저녁을 먹은 것까지
소문이 날 정도인데, 동료를 너무 믿은 것이 패착이었다.

정면 승부하는 것으로 결정했다. 체면을 구기는 것은 한 순간이
고 시간이 해결해 줄 것이니, 스스로 수렁에 빠져 들어가는 것은
아니라는 결론을 내렸다. 상관에게 자초지종을 보고했고 불려가
얼굴이 벌겋게 되도록 꾸중을 들었다. 그 사건은 다른 팀으로 재
배당되었다. 그 후 나는 어떤 상황에도 돌다리도 두드려 보고 건
너는 심정으로 행동했다.

"오늘 선도위원들과 간담회가 있는데 같이 갑시다."

동료의 말에 바쁘다는 핑계대고 빠질까? '자라보고 놀란 가슴
솥뚜껑보고 놀란다'고 퇴근할 때마다 고민 아닌 고민을 한다.

밴댕이 소갈딱지

'부릉 부릉' 엔진소리가 경쾌하다. 아니 경쾌하게 들렸다. 난생 처음 승용차를 구입하였다. 승진하면 지방으로 발령받는 것이 관례였다. 지방은 대중교통이 불편하여 어떤 것보다 승용차가 필요하기에 크게 마음먹고 구입하였으며 그 차를 운전하고 부임지에 갔다.

초보인 데다가 먼 시골길이 생소하여 마음 졸이며 슬금슬금 비틀거리며 부임지에 도착했다. 지방 근무는 피할 수 없는 일로 어찌해야 할까 고민하다가 결국 승진을 포기하지 않고 승진하여 지방에서 근무하기로 했다.

지방에 오니 모든 것이 낯설었다. 중소도시는 생활패턴이나 생각하는 것이 많이 달랐다. 어찌해야 할지 몰라 스스로 행동반경을 줄였다. 집을 구하고 회식하는 것까지 많은 부분이 서울과 달랐다. 부임하였으니 공식적인 환영회에 참석해야 한다. 사건도 생각보다 많아 바쁜 일정을 소화하다 보니 한 달이 훌쩍 지나갔고, 점차 지방 생활에 익숙해졌다.

그곳에는 서해안개발 붐으로 부동산 가격이 올라 재산은 많아도 현금이 없어 어렵게 살아가는 사람을 '억 거지'라고 지칭하는 말이 회자되고 있었다. 거주민 중에는 도시 봉급생활자들이 몇십 년 근무해도 만져볼 수 없는 거금을 노력 없이 벌어들여 거부가 되었다. 한 차례 투기 광풍이 휩쓸고 지나간 그 고장은 을씨년스러웠다. 그래도 대다수 주민들이 재력가에 속했다.

유관기관에 근무하던 직원 '한상태'는 말단 공무원이다. 그는 공무원으로서는 생각도 못할 값비싼 외제차를 몰고 다녔다. '아니 나보다 계급도 낮은 하급공무원이 어떻게 저런 차를 타고 다녀' 하는 생각에 호감이 가지 않았다. 그때 나는 지방발령을 받고 생애 처음으로 큰마음 먹고 서민들이 타는 차를 구입했다. 차를 사면서 얼마나 마음 설레고 기분이 좋아 뻐기었던가. 교통사고 나지 말라는 의미로 '고사'까지 지냈다. 고위 공무원도 아닌 나보다 계급도 낮은 사람이 내 차와는 비교도 안 될 만큼 고급 차가 있다는 게 왠지 자존심이 상하였다. 우연히 동료를 통하여 그의 집을 알게 되었는데. 부자들만이 거주하는 아파트였다. 어찌 보면 그 고장 사람이니 물려받은 땅값이 치솟아 부자가 되었을 수도 있다. 지방에 근무하는 간부는 대다수 도시에 거주하며 잠깐 근무하다 서울로 되돌아간다. 당시 나는 근검절약 하면서 조금씩 저축하는 것이 고작이었다. 타향까지 와 근무하고 있으나 재산은 모아지지 않아 미래가 암울할 때였다. 마음속으로 '한상태, 너는 뭐야' 하는 좋지 않은 감정이 생기게 되었다.

뇌물수수에 대한 첩보로 관내 뇌물사건을 수사하였다. 유관기관의 많은 직원들이 연루되었다. 대상자 명단에 한상태도 들어 있었다. 고위공무원의 뇌물사실이 돌출되어 언론뿐 아니라 여론이 악화일로였다. 상부에서는 경종을 울리기 위해 엄벌하라는 지시가 하달되었다. 특수사건을 담당하고 있었기에 그 사건의 내용은 내가 제일 잘 파악하고 있었다. 평소 액수가 적어서 입건하여 면직 아니면 징계로 끝날 정도였다.

그런데 당시 여론으로는 누군가에게 책임을 엄하게 물어야 할 상황이었다. 구속까지 감수해야 했다. 상부에서 제일 중한 사람에 대하여 구속영장을 청구하라는 지시가 내려왔다. 담당자로서 죄질이 가장 나쁜 사람을 시범케이스로 골라야 했다. 누가 제일 나쁠까 하고 생각해 보았다. 다른 사람은 잘 모르는 데다 한상태에 대한 나쁜 선입견과 옹졸한 '밴댕이 소갈딱지'가 내 발목을 잡았다. 주변 상황을 있는 그대로 보고했다. 다른 사람들은 평범하였으나 한상태는 공무원으로서 소유하기 힘든 외제차와 고급아파트를 소유하고 있었으니, 여러 가지로 불리했다. 구속되어 수감인 신세로 전락하였다.

그런데 내 기분이 무거웠다. 평소 감정이 좋지 않은 사람이고 게다가 죄를 지었으니 정당한 공무집행이라고 자위해 보지만 자꾸 마음이 짓눌렸다. 그는 평소 인간성 좋고 성실하며 남에게 많이 베푸는 사람이라는 평가가 있었으나 단순히 재산이 많다는 사실만으로 그렇지 못한 사람들에게 자격지심을 자극하게 되어 공직 인생의 종말을 찍게 된 건 아닐까, 내가 더 나쁜 사람 아닌가 하는 자괴감이 들었다. 나로 인하여 '동네에서 손가락질 받으며 살게 한 것이 아닌가.' 하는 생각에 휘둘렸다. 구속한 이후 그에게 괜스레 미안한 생각이 들어 성심성의껏 잘 대해 주었다. 그는 계속 고맙다고 인사를 했다. '내가 그의 재산 상태를 모른다고 보고하였으면 도움 되었을까?' 하는 생각이 한동안 나를 괴롭혔다. 자기를 도와주지 않은 사람이라는 것을 알게 되면 얼마나 나를 원망할까 마음이 편치 않았다.

가까운 동료 중 재산 많은 직원이 있었다. 그 사람은 차를 2대가지고 있으며 출근 때는 작은 차를 타고 다니고, 휴일에는 값비싼 외제차를 타고 다녀 주위에서는 재산가라는 것을 전혀 눈치채지 못하였다.

두 사람 중 누가 옳은 것인가. 똑같은 공무원에 부자였으나 한 명은 부자임을 밖으로 드러내 모난 돌이 되었고, 다른 사람은 부자임을 감추고 드러내지 않았다는 것이다. 어느 쪽을 더 나쁘다고 택해야 하나?

범죄와의 전쟁

"내일 봅시다."

손을 가볍게 흔들며 사무실 문을 열고 나가서 복도를 지나 엘리베이터에 타고 닫힘을 기다리고 있었다. 문이 막 닫히려는 순간 사무실에서 "수사관님!" 하는 미스 리의 목소리에 얼굴이 찌그러지며 뒤를 바라본다.

조직폭력배 수사를 담당하는 서울지방검찰청 강력부 검사실에 근무하던 때였다. 군 출신 대통령이 재임하던 때였다. 정권의 정당성을 부각시키기 위해 가시적인 성과를 보여주어야 할 시국이었다. 조직폭력배를 소탕한다는 미명하에 모든 수사기관을 동원하여 그들에게 엄정한 잣대를 적용하라는 엄명이 하달되었다. 중앙지검 강력부가 주축이 되어 단속에 들어갔다. 각 팀마다 두목 급부터 행동대장에 이르기까지 몇 명씩 배당되고, 각 팀들은 모든 역량을 동원하여 배당된 폭력배들을 검거해야 하는 지상 명령이 떨어졌다.

그 날도 수사하느라 이틀이나 집에 들어가지 못했다. 오늘은 무슨 일이 있어도 집에 가서 목욕하고 이발도 하려고 눈치를 슬슬 보며 퇴근하던 중이었다. 기분 좋게 귀가하려다가 호출로 되돌아온 것이다. 이런 일이 한두 번도 아닌데도 언제나 적응이 되지 않는다. '에이 씨' 혼잣말 하면서 사무실로 되돌아갔다.

조폭(조직폭력배 지칭)들과 전쟁을 하기 위해 직원들의 조직과 호칭도 일반회사 직원들처럼 사장 전무 상무 부장 등으로 바꾸어 불렀다.

사장은 주임검사로 총괄지휘하고, 외부 파견 직원인 경찰관이나 금융감독원 직원은 상무라 지칭하며 외근 담당으로 외부로 돌아다니다가 그들은 탐문하다 조폭을 발견하면 검거하여 데려오는 업무를 담당했다. 나는 전무였는데 상무들이 조폭들을 검거하여 오면 이들을 심문하여 범죄사실을 조사하는 역할이었다. 7~8명이 한 팀이 되어 움직였다. 딱히 언제까지라는 시한이 없으니 교도소의 무기수같이 정해진 퇴근시간은 생각할 수 없는 상태였다.

조금 여유가 있을 때 직원들이 번갈아 휴식을 취하게 했으면 좋으련만, 사장조차 윗사람 눈치를 보느라 계속 사무실에서 기거하니, 전무도 상무도 날마다 대기실 소파 신세였다. 여직원인 부장만, 밤 9시가 넘어야 퇴근하고 다음날 일찍 출근하는 일과가 반복되었다. 상무 3-4명이 대상자들의 신상 정보를 듣고 나가면, 직원들은 그들의 보고가 올 때까지 퇴근을 못하고 대기하고 있어야 했다.

검거에 실패해도 대기하고, 검거하면 조사하기 위해 대기했다. 내근 직원들은 하루 종일 회의하며 시간을 보내는 등 다람쥐 쳇바퀴 생활이 반복되었다. 우리 직원들 모두는 피로가 누적되어 짜증이 머리끝까지 올라온다. 괜히 옆에 있는 직원들에게 신경질을 부린다. 눈에 보이는 성과가 없으니 사장은 날마다 위에 불려가 야단만 맞고 돌아왔다. 그 여파가, 아래로 줄줄이 화풀이 대상이 되는 악순환이 반복되고 있었다.

얼마 후 두목 급인 행동대장에 대한 정보가 윤곽이 잡힐 정도로 포착이 되었다. 모처럼 사무실 분위기가 바쁘게 움직였다. 무작정 대기하는 것보다는 주어진 일을 하면서 기다리는 것이 더 낫다. 실적이 있어야 상부의 불호령이 떨어지지 않기 때문이었다.

조폭에 대한 첩보가 가닥이 잡혀갔다. 며칠 잠복 후 중간보스인 행동대장을 검거하는 실적을 올렸다. 그때부터 피의자에게 범죄

사실을 조사하고 증거를 수집하여 기소하는 데까지 10여 일은 계속 야근을 했다. 조폭들에 대한 주변 수사는 미리 되어 있었다. 주위 환경과 참고인을 수사하여 범죄 사실은 어느 정도 밝혀져 있었는데도, 그도 중형을 받을 것에 대비하여 대부분 부인했다. 결국은 구속영장청구 시한인 이틀을 꼬박 조사한 후 구속영장을 청구했다. 구속한 후 공범들의 행방과 범죄사실을 밝히기 위해 또 10여 일 동안 집에 가지 못하고 밤을 낮 삼아 지내야 했다. 몸이 피곤죽이 되고 매일 야근으로 물먹은 솜처럼 물러졌다. 재판에 회부하는 것으로 할 일은 끝난다. 나머지는 법원의 몫이다. 일은 마무리되었다.

"야호! 이제는 해방이다."

가슴이 뻥 뚫린 기분이었다. 오랫동안 고생했고, 행동대장을 검거하는 실적을 올렸으므로 약간의 격려금이 지급되었다. 한 달여를 퇴근도 못하고 겨우 옷이나 갈아입으며 지낸 시간이 꿈만 같았다. 얼굴은 피로가 겹쳐 눈이 퀭 하니 들어간 데다 눈빛만 반짝거리고 수염까지 덥수룩해서 사람들이 경악할 것처럼 몰골이 험악하게 보였다.

모처럼의 휴식이 주어졌으니 해방감을 만끽하며 근처 식당에 모두 몰려가 저녁식사를 했다. 모두 피로에 찌들어 있어 소주 몇 잔에 벌써 취기가 돌아 혀가 꼬부라지고, 술에 약한 직원은 식탁에 코를 박고 자고 있었다. 늦은 밤이 돼서야 오랜만에 집으로 갈 수 있었다.

누구는 공무원은 몸이 편하고 해직이 없는 철밥통이므로 평생 안락해서 좋다고 한다. 그러나 박봉에 우리처럼 국가를 위해 밤을 낮 삼아 힘들게 고생하는 것은 생각 못한다. 무위도식하며 월급만 축낸다며 비난하는 소리를 들으면 그런 사람들의 편견이 야속하고 직업에 대해 회의도 생긴다.

조폭이 사회에 커다란 악의 뿌리이니 사회에서 격리해야 하는 당위성은 안다. 고위층은 깊은 생각 없이 즉흥적으로 결정하는 경우가 많다. 그러한 결정으로 인하여 집행기관인 담당 공무원들은 타당성보다는 이를 수행하는데 혼신의 힘을 기울여 임무를 수행한다. 우리가 열심히 업무 수행하여 국가라는 거대한 조직이 굴러간다는 자부심을 갖기도 한다, 그러나 공무원들도 무쇠가 아닌 피와 살로 만들어진 몸이라는 것도 고려해 주었으면 한다. 과로가 반복되면 내가 이 짓을 꼭 해야 하는가를 되새기게 된다.

때때로 그만두고 싶은 때가 있었다. 이정도의 고생이면 다른 것을 해도 이보다 더 나을 것 같다는 생각도 들곤 했다. 별다른 재주가 없는데다 내 얼굴만 쳐다보는 애들과 가족들 때문에 마음을 다스리곤 했다.

"영차, 홧팅!"

다시 주먹을 불끈 쥐고 심호흡을 하고 주차장이 된 거리로 차를 몰고 나간다.

의사와 하룻밤을

창문너머에 밝아오는 아침을 보며 '아, 이제 하루가 지났구나.' 하는 안도와 피로함이 어깨를 짓누르고 있었다.

어젯밤 현직 의사를 데려와 밤샘조사를 하였다. 계속해 버티던 의사 김대현이 새벽이 다가오며 자백하기에 이르렀고 피의자신문조서를 작성하고 구속영장 청구서류와 보고서를 작성하며 의사의 얼굴을 힐끗 보았다. 어제 저녁 그 당당함은 어디로 사라지고 그의 얼굴은 피곤에 쩌들고 뭔지 잃어버린 것 같은 허탈한 모습으로 동공이 초점을 잃었다. 피의자는 의자에 앉아 사무실 바닥만 쳐다보고 침묵만 지키고 있었다.

20여 년 전 서울중앙지방검찰청 특수팀에 근무할 때다. 지금은 프로포플(속칭 우유주사)이 사회적 이슈가 되어 있고, 특수층이 아닌 일반인들도 이 주사를 대하는 경우가 많다. 그때만 해도 마약이나 향정신성의약품 등은 구하기 힘들었던 때여서 일부 특수계층에서만 접근이 가능하였다.

강남에서 개업한 속칭 잘 나가는 의사들과 간호사, 약사들 사이에 향정신성의약품이 비밀리에 거래되고 이를 투약한 재벌 3세 등이 호텔 등에서 성관계를 갖다가 발각되는 등 언론에서 야단법석이 났었다.

사회의 경종을 울릴 겸 그 부분을 심도 있게 수사하라는 상부의 지시로 내사를 하던 중 첩보가 들어왔다. "압구정역 근처 개업의사가 대낮에 가끔 정신이 이상한 짓을 한다. 아무래도 마약을 투약하는 것 같다."는 것이었다. 풍문으로만 들었던 것을 확인하여 보기로 하였다.

이 의사는 이상한 행동으로 이혼하였으며 약물을 복용하고 있다는 성명불상의 투서가 들어와, 내사를 시작하였다. 내사를 담당하던 수사관은 병원과 약국 사이의 향정신성의약품의 장부를 확인해 보니 수요 공급이 맞지 않아 의약품의 잔고 조사를 했다.

탐문수사와 투약거래 내역, 제약회사의 거래장부 등을 대조한 결과 수사해도 될 것으로 판단하고 의사 김대현을 데려온 것이었다.

밤 9시경 피의자를 임의동행의 형식으로 12층 조사실로 데리고 왔다. 12층은 별도 출입문이 설치되어 있어, 외부와 차단되어 수사하기에 안성맞춤이라 특수 수사할 때 가끔 이용하였다.

임의동행이든 체포영장이든 48시간이 지나면 구속을 하든지 석방해야 한다. 그러니 주어진 시간이 많지 않았다. 화이트칼라들은 앞뒤 사정을 살펴보고 본인에게 불리하다 싶으면 자백을 하지 않고 그럴 듯한 핑계를 댄다. 반면에 조폭들은 처음에는 조직의리 때문에 버티다가, 시간이 지나면서 잘 구슬리면 자백하는 경우가 많다.

향정신성의약품을 투약한 것을 인정하면 구속되어 형사처벌은 물론 의사 면허까지 정지될 뿐 아니라 가정에서 밀려나고 사회에서 낙인이 찍혀 매장되니 결사적으로 부인한다.

심증도 있고 어느 정도 물증은 있었으나 직접적인 증거가 부족한 편이라 먼저 자백을 받고 추후에 물증도 확보해야할 처지였다. 수사가 만만하지 않다는 생각이 들어 마음을 단단히 잡도리하고 수사에 임했다.

수사도 어찌 보면 머리싸움인 경우가 많다. 물론 수사기관에 체포되어 온 피의자가 훨씬 불리한 위치에 있는 것은 사실이나, 수사관 입장에서도 시간과의 싸움, 절차와의 싸움, 인권과의 싸움에 직면해 있다. 자백을 받는다 해도 불법구금이나 독직폭행이 문제되면 그 자백과 그에 대한 증거조차 전부 무효가 되어 피고인은 무죄가 되고, 수사담당자들은 도리어 처벌 받거나 징계 받게 된다.

피의자와 수사관 사이에 같이 새벽이 되기까지 꼬박 밤을 지새우게 되면 지치기도 하지만 서로 친해지게 되는 동료의식 같은 묘한 믿음 같은 것이 생기는 경우가 종종 있다. 수사에 대한 얘기만 하는 것이 아니라 살아가는 이야기 등을 하면서 서로 똑같은 사람이구나 싶은 것이리라.

하룻밤을 지나면 보통은 자백을 받고 나머지 물증을 찾아 구속영장을 청구한다. 그러나 이 경우에는 피의자도 죽기 살기로 부인한다. 의사는 머리 좋은 엘리트이기에 그 결과에 대해 너무 잘 알아 더욱 힘들다. 그래도 일단 수사기관에 들어오면 외부와의 연락도 끊기고 고립무원이 되니 불안에 휩싸인다.

수사관 입장에서는 시간이 흐를수록 수사가 어려워진다. 변호사는 물론이고 상부에서 압력이 들어온다. 이 정도의 인물이면 골치 아프다.

빨리 자백을 받아 내일 새벽에는 법원에 구속영장을 청구하여야 한다. 시간과의 싸움에서 하루가 지나 출근 후 까지 가면 수사는 방해받기 마련이기 때문이다.

서로 눈치 싸움을 하게 된다. 설득도 해보고 윽박질러 보기도 한다. 요지부동이었던 사람이 한밤중이 지나고 새벽녘이 되면서 지치고 자포자기 심정으로 바뀌게 된다. 완강하던 피의자의 눈이 절망으로 바뀌는 것을 보면서 나도 참 나쁜 직업을 갖고 있구나 하는 생각이 든다. 남이 잘못되는 것을 즐겨야 하는 악마 같은 직업이 아닐까 하는 생각을 잠시 한다. 그래도 내가 택한 직업이니 어떠하겠는가. 이 의사도 자기가 택한 일로 인하여 이곳에서 조사를 받지 않는가 하면서 수사 마무리에 박차를 가했다.

세상에 부러울 것이 없는 의사가 향정신성의약품을 투약하여 하루아침에 벼랑 아래로 떨어지는 모습을 보면 인과응보라는 생각도 드나, 그동안 열심히 공부하여 의사로서 항상 양지에만 있던 사람이 음지에 떨어져 겪을 처지를 생각하니 마음이 착잡했다.

나도 직업이기에 이들을 수사하고 있으나 상황이 바뀌면 그 무리에 휩쓸리지 않고 잘 버텨낼 수 있을까, 어느 누구도 아니라고 장담할 수 없다.

"동창생 의사가 피곤할 때 투약하면 피로도 풀리고 기분도 좋더라. 크게 문제될 것이 없는 것 같으니 한 번 해봐."

처음에는 귓등으로 흘렸으나, "피곤할 때 한번 투약하다보니 나도 모르게 계속 투약하게 되었어요."

　무표정하게 창문을 바라보며 자괴감에 빠져 괴로워하는 피의자
를 뒤로하고 아직도 먼동이 트지 않아 어두운 새벽공기를 마시며
쓴 뒷맛을 흘려보낸다.

아버지의 유산

    수염이 덥수룩하고 초췌한 얼굴의 40대 초반 남자가 포승줄에 묶여 들어왔다.

    나는 그에 대한 수사기록을 파악하여 어느 정도 내용을 알고 있었기에 한숨부터 나왔다.

    이 사건의 전말은 피의자인 형의 꿈에서 비롯되었다. 오래전에 사망한 아버지가 밤마다 꿈에 나타나서 "야, 이놈아 너는, 네 동생이 나를 죽여 놓고 지금까지 잘살고 있는데 그것을 그대로 두느냐"며 호통을 치는 꿈이 너무 선명하였다. 며칠 동안 뜬눈으로 밤을 지새우다가 괴로워서 그 내용을 경찰에 진정한 것이다. 형의 진정으로 검거된 이영식에게 사실을 자백 받아서 구속하여 검찰청 강력담당 부서로 넘어온 것이다.

사건은 이로부터 13년 전이다.

이영식은 전남 순천의 작은 마을에서 가족들과 농사를 지으며 살고 있었다. 당시 그는 특전사를 전역한 후 친구들은 거의 도시로 직장 찾아 떠났으나, 아버지의 병으로 힘든 농사일을 떠맡아 하다 보니 불만이 쌓여 거의 매일 술독에 빠져 지냈다. 아들이 못마땅한 아버지는 자주 꾸중을 했고, 영식은 늘 술에 취한 상태로 거친 말과 행동으로 가족과 동네 사람들에게 행패를 부리는 큰 골칫거리 부랑아가 되었다.

여름 어느 해질 녘, 그날도 대낮부터 고주망태가 되어 비틀거리며 집에 돌아오는데 논에 갔다가 돌아오는 아버지와 마주쳤다. 술 취해 엉망이 된 아들을 아버지는 호되게 야단을 치며 그의 뺨을 때렸다. 그렇지 않아도 평소 화만 내는 아버지에게 불만이 많았던 영식은, 이성을 잃고 아버지를 밀쳐 넘어트리고 엉겨 붙었다. 고모를 비롯한 주위 사람들이 가까스로 뜯어말려, 만취상태인 그를 집으로 끌고 가 골방에 밀어 넣었다. 그는 취한 채 잠이 들었다.

먼동이 트기 전 새벽에 잠자는 영식을 깨운 것은 고모였다. 머리가 지끈거리고 술이 덜 깬 영식에게 고모가 다가앉으며 심각하게 말했다.

"너, 어제 저녁 기억나니?"

"아니요. 뭔 일 있었어요?"

"어제 너하고 아버지가 다투다가 네가 칼로 아버지를 찔렀어.
그런데 아버지가 조금 전에 돌아가셨으니 지금 바로 집을 떠나
라."

그 소리를 듣는 순간, 술이 확 깼었다. 기억을 더듬어 보니 취해
돌아오던 중 아버지와 드잡이질을 하였고, 그때 시뻘건 피가 땅바
닥에 흥건했던 기억이 어렴풋이 떠올랐다. 아버지가 쓰러지고 동
네 사람들이 뜯어말렸던 기억까지 났다. 자기 평소 성정대로 하면
그러고도 남았을 것 같았다. '내가 아버지를 죽이다니…' 갑자기
몸에 식은땀이 흐르고 다리가 후들거리고 온몸에 힘이 쑥 빠졌다.
머릿속이 하얗고 눈앞이 깜깜했다. 눈에 보이는 대로 몇 가지 옷
을 집어 들고 집을 나왔다.

"여기 일이 마무리되면 소식 전할게."

고모의 말을 뒤로하고, 그 길로 집을 떠난 후 13년이란 세월이
흘렀다.

자기는 아버지를 죽인 놈이라는 죄책감에 경찰을 피하여 나이
마흔이 넘도록 장가도 가지 않았고, 변변한 직업 없이 그냥 하루
벌어 사는 막장인생이었다.

이번에 그의 형의 진정으로 서울송파경찰서 형사에게 존속살인 죄로 검거되어, 구속되었다. 당시 근로자와 대학생들의 데모가 한창때이어서 그 진압 처리에 동원되자 담당 경찰이나 최초 송치 받은 검사는 구속기간 각 10일과 20일 동안 추가수사를 못하고 시간을 끌다가 구속기간만료 4일 남은 상태로 재배당되었다. 시간이 촉박하여서 할 수 없이 검사와 같이 사건발생지인 순천까지 비행기로 급히 내려가서 수사를 하였다.

그러나 13년이나 지난 사건이어서 살아있는 증인도, 정확한 기억을 하는 사람도 없었다. 당시 치료한 병원도 폐업하고 담당했던 의사는 이미 사망하였고, 담당 간호사는 기억을 못한다고 하였다. 고모도 사망하여 다른 증거들도 세밀히 뒤져보았으나 아버지를 죽였다는 자백을 뒷받침할 만한 증거를 발견하지 못해 구속기간 만료일에야 겨우 귀경했다.

마지막으로 진정한 형과 모친을 조사하려고 찾아보았으나, 사건을 진정(陳情)한 형은 동생이 구속까지 되자 죄책감에 가출하고, 모친도 행방불명이 되어 순식간에 그 집안이 쑥대밭이 되었다. 그동안의 수사결과는 폐결핵 말기환자였던 아버지는 지병이 악화되어 돌아가셨다는 것으로 결론지었다.

문제의 전말은 술에 취하면 말썽부리는 이영식은 아버지가 살아계셔도 통제가 어려운데 아버지마저 돌아가시자, 동네가 시끄럽고 집안도 풍비박산될 것 같아서 꾀를 냈다. 집안에서 그를 쫓아내려고 칼로 아버지를 죽였다고 거짓말하여 동네를 떠나게 계획한 것이었다. 친척들의 이기적인 생각이 한 인간의 일생을 망치게 했다. 물론 자신의 평소 난폭한 행동 때문에 빚어진 일이었으나, 평생 아버지를 죽인 살인자라는 생각으로 도피와 자학 속에 살았던 이영식이다. 어렴풋한 기억으로 아버지를 죽였다고 자백은 하나 아버지를 죽이지 않았다는 심증은 있었다.

법의 목적이 '정의'라고 하나, 법이 이러한 억울함을 풀어주는 데 도움이 되지 못하는 게 법을 집행하는 입장에서 안타까웠다. 그러나 법적인 결정은 아버지를 죽이지 않았다는 것이 아니고, 그 자백을 뒷받침할만한 증거가 불충분하여 석방한다는 결정을 할 수밖에 없었다. 어쩔 수 없는 법의 한계여서 씁쓰레한 여운이 남는 사건이다.

가족들은 자신들의 안위를 위해 한 사람의 일생을 망가트린 가해자임에도, 도리어 일생이 망가진 이영식이 가해자로 둔갑하는 현실에, 나도 모르게 모골이 송연해지는 것을 느꼈다.

"형과 모친을 조사할 때까지 당신을 석방하니 남은 인생이라도 잘 살아라."

그의 눈이 순간 흔들렸다. 다시 무표정해지고 초점 없는 동공은 허공만을 헤맨다. 교도관에 이끌려 나가는 모습이 아직도 끝나지 않은 전쟁을 보는 것 같아 나도 착잡한 생각에 깊이 숨을 들이마셨다.

※ 사건 개요 : 본 건은 피의자가 존속살인을 자백하는 사건임. 피고인의 자백이 그 피고인에게 불이익한 유일의 증거인 때에는 이를 유죄의 증거로 하지 못한다는 원칙(형사소송법 제310조)에 의하여 석방한 사건임.

승진누락 그 후

인사철이 다가오면서 승진에 대한 소문이 돌아다녔다. 직장에서는 승진문제가 문 앞에 와 있는 경우 대상자들은 초긴장 상태가 된다. 나는 지난번 인사 때 승진후보자 서열이 선두주자였기에 반드시 승진하리라고 믿었다. 근무성적평정서에 의해 승진서열이 정해지고 서열대로 승진하는 것이 관례였다.

그런데 가깝게 지내던 동료가 "이번 승진자 명단에 자네 이름이 없다는 소문이 있으니 빨리 알아봐." 했다.

승진서열이 선두여서 걱정하지 않다가 설마 하는 생각에 평소 가깝게 지내던 인사담당자에게 승진에 관심이 없는 듯이 지나가는 말투로 승진여부를 물어보았다. 대답은 전혀 예상밖이었다.

"이번 승진자 명단에 선배님 이름은 없어요."

조그맣게 속삭이듯 한 대답은 천둥소리로 들렸다. 조마조마하던 가슴이 콱 막히면서 갑자기 머릿속이 하얗게 변했다. 갑자기 속이 메슥거리며 어지러웠다. 지난번 선배 기수들이 승진하고, 나는 서열이 상당히 앞서 있어서 당연히 승진하리라 믿어 의심치 않았고, 다만 승진 후 좋은 근무지나 보직을 받았으면 하는 상상을 하고 있던 중이었다.

김칫국을 마셔도 너무 마셨다. 그런데 승진이 안 된다니 청천벽력이었다. 소문에 의하면 서열이 한참 아래였던 동료가 승진하고, 나는 수석 탈락자였다. 도저히 실감이 나지 않았다. 정말 피가 거꾸로 솟는 것 같았다. 말없이 지나가다 느닷없이 뒤통수를 망치로 맞은 느낌이었다. 아무런 생각이 나지 않았다. 정신을 차릴 수가 없었다.

"이럴 수가! 이럴 수가!"

믿기지 않았다. 탈락도 억울한데 한참 뒤 서열인 동료가 승진하다니. 속에 있는 음식이 식도를 타고 역류하는 것 같았다. 근무성적도 좋았고, 승진할 수 있는 보직에서 열심히 하였고, 현 직급 승진 때 수석으로 승진하는 바람에 주위 사람들이 '어이 임 수석' 하면서 놀림까지 받았었다. 사람들은 당연히 승진하는 것으로 알고 있었는데 이렇게 고배를 마시자 세상이 나를 버렸다는 생각에 마음을 잡을 수가 없었다. 얼굴이 화끈거렸다. 주위 사람들의 비웃는 듯한 질시가 더욱 괴로웠다.

승진이 공식적으로 발표되던 날, 역시 나는 탈락이었다. 쥐구멍이라고 들어가고 싶었다. 승진자들은 얼굴에 웃음을 머금고 여기저기서 축하 인사를 받기에 바빴다. 주위사람들로부터 버려진 것 같았다. 모래바람이 휘몰아치는 사막 한가운데 홀로 서 있는 느낌이었다. 누구와 얼굴 마주치는 것도 싫었고, '다음에 승진하면 되지 뭐' 하는 사람들의 위로도 비웃는 것 같은 생각이 들었다. 스스로를 어둠 속으로 밀어 넣었다. 후회가 되었다. 친한 동료가 그래도 한번 윗분을 찾아가 인사라도 해야 안전하다고 하였는데 가만히 있어도 충분하다고 생각한 것이 착각이었나, 너무 안일하게 생각했나 하는 자괴감이 하루 종일 뇌리를 떠나지 않았다. 동료들이 '거 봐라 잘 난 체 하더니'라며 손가락질 하는 것 같았다.

회사에 대한 애착도 많았고, 열심히 일도 하였는데, 회사가 갑자기 싫어졌다. 모든 것이 망가진 느낌이었다. 싫다는 마음으로 기울자 근무에도 의욕이 없어지고 직원들 보는 것도 기피하며 걷잡을 수 없는 수렁에 빠져 들었다. '승진이 별거 아니잖아' 하며 스스로 위안해 보았으나, 생각만 그렇지 가슴에 와 닿지 않았다. 자꾸 혼자 있기 시작했고, 사람들과 어울리지도 않게 되었다.

‘그래 이렇게 나를 버리는 회사를 떠나자, 중도 절이 싫으면 떠난다 하지 않던가!’

회사를 떠날 결심을 하였다. 전직할만한 직장을 찾아보고 개업할 생각으로 선배들의 조언을 듣고 본격적으로 미래에 대한 생각을 하였다. 그러나 마땅히 떠오르는 대안이 없었다. 아내는 “다음에 승진하면 되지.” 하면서 사표 제출을 결사적으로 말렸다. 아내는 걱정이 태산이었다. 쓰라린 상처로 인하여 그동안 끊었던 술을 입에 대기 시작했다.

세월이 약이라는 속담대로 시간이 흐르면서 서서히 마음이 안정되어갔다. 그런데 재수 없는 놈은 뒤로 넘어져도 코가 깨진다고, 반년마다 있던 승진인사도 정권이 바뀌면서 인사이동은 차기정권이 해야 한다는 명목으로 승진인사가 건너뛰었다. 잊었던 승진탈락에 대한 자괴감이 되살아나 깊은 수렁에 빠졌다.

방황이 지속되었다. 생활이 뒤죽박죽, 거의 매일 술에 취해 인사불성이었다. 술집에 혼자 술을 마시기 시작했고 술병이 늘어갔다. 수렁에서 빠져나올 수가 없었다. 한편으로는 이렇게 망가지는 것을 즐기는 것 같았다. ‘정말 이러다가는 사람이 폐인이 되겠구나.’ 하는 생각이 들었다.

몇 년이 지나면서 누가 왜 나를 물 먹였는지 알게 되었고, 후배는 누가 밀어서 승진되었는지 소문을 들었다. 나를 탈락시킨 모국장은 그 후 인사비리에 연루되어 사직하였으며, 설상가상으로 주식투자를 하다 손해를 크게 보아 생활이 어렵다고 하였다. 승진한 동료 중에는 승승장구한 사람도 있고 정치판을 기웃거리는 사람도 있었다. 어떤 동료직원은 벌써 이 세상을 떠난 사람도 있었다. 주위에 많은 사람들의 부침을 보면서 '인생 여정은 끝까지 가봐야지 그 전까지는 아무도 모른다.'라는 교훈을 얻었다.

그때는 인생이 끝났다 결론지었다. 수렁에서 발버둥 치면 더 빠져들 듯이 끝없이 추락하였다. 브레이크가 고장이 났다. 몇 년이 지나면서 처지들이 바뀌었다. 세상을 보는 눈이 바뀌었다. 벽에 부딪치면 거리를 두고 멀리서 보는 습관이 생겼다. 막혔던 길이 훤히 뚫렸다. 승진 탈락하여 괴로웠으나 반면에 세상 보는 눈은 크게 달라졌다. 커다란 장애가 가로 막는 경우 더욱 긍정적이고 적극적으로 조금 먼 시각으로 본다.

인생은 생각에 따라 행복과 보람과 즐겁게 살 수 있다는 것을 알았다. 마치 바보가 된 것처럼 항상 웃을 수 있는 비결을 깨달은 것 같다. 비를 머금은 검은 구름이 소나기를 퍼부은 후에 허공을 맴돌다 저 산 너머로 사라지는 것을 바라보며 중얼거렸다.

'인생은 살아 볼만 혀!'

친구여 미안하이

"인사발령 났어요. 지부장은 서울에서 근무 중인 이상철 부장이 온다고 합니다."

주위 동료들이 웅성거리고 있었다. 광주지부에 근무하고 있을 때였다. 현 김명철 지부장이 발탁되어 본부로 영전되고, 후임으로 본부에 근무하는 부장이 부임한다고 했으나 누가 후임으로 부임하는가에 대하여는 모르고 있었다. 이상철 지부장이라는 소리를 듣는 순간, 망치로 머리를 맞는 그런 충격을 느꼈다. 내 귀가 의심이 되어

"누가 온다고?"

그 이름을 듣고 충격을 받은 것은, 고등학교 동창생 중 같은 회사에 근무하는 사람이 3명이 있었다. 우리들은 서울에서 같은

고등학교를 졸업하고, 같은 회사에 입사하여 함께 근무하였으나, 국내 각 지점이 많고 근무하는 곳이 다르다 보니 서로 소식도 모르고 지내고 있던 터였다. 서로 바쁘기도 하였으나 일부러 알려고 하지 않았다.

이상철은 나보다 먼저 입사하였고 승승장구하였다. 그는 고등학교에 다닐 때도 사회성이 별로 없어 동료 학생들과 자주 부딪쳤다. 자기만 잘났다고 생각하여 친구들 간에는 왕따 당하는 편이었다. 나도 그와 별로 사이가 좋지 않았던 관계로 이상철이 회사에 들어와 승승장구하는 것이 은근히 질투가 났었다. 나름대로 승진하였으나 부장 서열은 되지 못하는 내 자신이 초라하다는 자격지심에 일부러 이상철의 존재를 잊고 있었다.

지난 인사철 때 중앙에 친분이 있는 인사부장이 "서울에 자리가 있으니 올라오라."고 했었고, 본부 인사담당자의 전화가 있었다. 발령 받으면 의무적으로 2년 근무하고 순환보직으로 서울로 복귀하는 것이 원칙이었다. 아직 2년이 되지 않았으나 기획실에 한 자리가 비었으니 원하면 발령을 내겠다고 하였다. 차기 인사 때 올라가고 싶다고 거절하였다.

이상철이 상관으로 부임한다니 괜히 거절했다가는 후회스러움이 밀려왔다.

직원들도 지부장으로 오는 사람에 대하여 관심이 많았다. 지부는 직원 70여 명에 가족 같은 분위기였다. 새로 부임하는 상관, 기관장의 성향은 앞으로의 분위기를 알 수 있는 바로미터이기 때문이다. 지부장이 나와 학교 동창이라는 것이 밝혀지고, 친구를 상관으로 모셔야 하는 처지가 되었다. 게다가 이상철 부장이 아주 성질머리가 나쁘다는 평판이었다. 직원들은 나를 안쓰러운 눈으로 바라보았다.

나도 처음에는 "에이, 재수 없이 이게 뭐야?" 혼자 투덜거렸다.

다음 인사이동은 앞으로 반년 지나야 한다. 그때까지는 적응해 함께 근무해야 한다. 그것이 싫어 견디기 힘들면 사직하는 수밖에 달리 방법이 없었다.

얼마 후 새로 부임하는 지부장이 전화를 해 왔다. 부임을 축하한다고 하면서 이런저런 대화를 했다. 이상철은 광주에 지인이 없어 걱정했는데 자네가 있어서 든든하다고 했다. 그러나 그는 내 상관이고 자연스럽게 이야기하고 있었으나 받아들이는 나는 뭔지 어색하고 기분이 질척거렸다. 이상철의 목소리는 힘이 잔뜩 들어가 있었고 그에 대한 생각이 자꾸 부정적이고 거부하는 생각으로 바뀌어 갔다. 나쁜 쪽으로 생각이 기울었다.

지부장을 맞이해야 하는 머릿속은 복잡하게 얽혀졌다. 동창이니 서로 말을 편하게 지내 왔었다. 말투도 걱정이었다. 업무처리 면에서 견해가 다르면 결국은 상관의 생각대로 해야 한다. 계급질 서상 당연하다. 마음고생을 많이 할 것 같았다. 지부장은 학교 다닐 때부터 고집스러웠다. 머릿속은 심란한 생각만 들었다. 지난 인사철에 귀경을 거절한 것이 후회막급이었다. 부장이 부임하기 전에 관사와 사무실 등을 잘 정돈하라고 담당직원에게 시키고, 부임하는 날 고속도로 톨게이트 까지 나가 영접했다.

직원들이 보는 가운데 깍듯이 예의를 갖추었다. 서로 동창생이라는 티를 내지 않고 상관과 부하로서 예의를 갖추었다. 익숙하지 아니하니 자꾸 머뭇거리게 되고 실수도 자주 하였다. 지부장에게 보고해야 할 일은 자존심이 상한다는 이유로 부하 직원에게 대신 하게 하였다.

어정쩡한 동거 상태가 수십 일간 계속되었다. 전입은 내가 먼저다. 현지에 어두운 지부장은 항상 어찌해야 할지 물어 왔으며 만나야 할 사람은 못 만나게 하고 평판이 좋지 않은 사람을 만나게 하는 등 복수하는 심정으로 교묘하게 골탕 먹였다. 지부장은 여러 가지로 곤란한 처지를 당하여 궁지에 몰리는 경우가 많았다. 그러한 상황을 속으로 은근히 즐겼다.

시일이 지나면서 불편함이 극에 달했다. 동창이 무슨 원수도 아니고 뒤집어 생각하면 서로 잘 아는 사이니 더 좋은 것이다. 쓸데없는 내 자격지심으로 서로를 불편하게 만들었던 것이다. 불편한 감정을 없애야 하겠다는 생각이 들었다. 뇌는 거짓말이라는 것을 인지하여도 같은 일을 200번만 머릿속에 반복하여 새기면, 그것이 진실로 믿어진다고 한다. 서로가 불편하니 가시방석 같았다. 마음을 바꾸기 시작하였다. 자꾸 좋은 사람이라고 반복적으로 뇌에 신호를 보냈다. 처음에는 괜히 자존심 상하는 상황도 평상시처럼 적응이 되어 갔다. 호칭은 둘만 있는 경우에는 서로 편하게 말을 하고, 다른 직원들이 있거나 공식행사에서는 예의를 갖추었다. 아무래도 자기가 상관이라고 거들먹거리는 것이 눈에 많이 거슬렸으나 어쩔 수가 없었다.

반년 후 인사철에 나는 인사발령으로 본부로 올라가고, 지부장도 얼마 후 다른 지역으로 발령받아 전출되었다는 소식을 들었다.

그리고 잊고 살았는데 이상철이 죽었다는 소식이 전해왔다. 반년이나 같이 근무한 인연이 있어 동창생과 같이 문상 갔다. 친구들의 전언에 의하면 그의 모난 성격으로 인하여 친구도 거의 없고, 몇 년 전에는 이혼하고 혼자 술로 살아 왔다고 하였다. 광주지부를 떠난 후 갑자기 몸에 이상이 생겨 진찰을 받아보니 직장암 말기 판정을 받고 수술하였으나 너무 늦었단다.

그 이야기를 듣고 돌이켜 생각해 보니 그와 같이 있으면서 잘 대해주지 못한 것이 마음에 걸렸다. 조금만 더 잘해줄 걸. '그 오만한 성격 때문에 외로워 혼자 술 마셨는데 친구라는 놈이 자존심 상한다고 계속 직원들과 따돌리기나 하였으니….' 하며 그의 영정 사진을 보면서 후회했다. 그러나 다시 돌이킬 수 없음을 알고 말 없이 되돌아 나오고 말았다.

"친구여 미안하이, 내가 속이 좁아서."

어느 공무원의 노후

"내년이 정년퇴직이라고 하는데 어쩔 수 없는 선택일 수밖에 없는 것 같습니다, 어찌 할까요?"

직원인 김 수사관의 말에 잠시, 나는 생각에 잠겼다. 당시 나는 서울지방검찰청 특수부 소속 수사관 팀장으로, 주로 공무원범죄 및 상부 지휘사건 수사를 담당하고 있었다.

얼마 전 부하직원이 첩보 수집하는 과정에서 중부경찰서 김형욱 형사반장이 조합주택 관련으로 5천만 원의 뇌물을 받았다는 첩보가 들어와서 그를 확인하는 과정에서 뇌물 제공자가 스스로 고백하였다는 것이다.

공무원 뇌물죄는 서로 공모하면 밝히기가 어렵다. 첩보를 수집하며 주워들은 정보 중 어느 정도 가능성이 있다는 판단이 서면 비밀리에 내사를 한다. 신빙성이 있으면 증거 확보가 가능한지 확인해 보고 이를 위해 정보 제공자에게 어느 정도 선처의 여지를 주며 그의 협조를 받아 수사한다. 상호 이익으로 얽혀 있고 밝혀지면 같이 처벌받기에 뇌물수수 범죄는 암장되는 경우가 다반사다.

특히 경찰공무원 뇌물사건은 수사 전문가이다 보니, 수사에 대비하여 증거 확보가 어렵다. 이 사건도 민원인이 조합주택을 추진하면서 담당경찰관에게 보험차원에서 뇌물을 준 사안이라 밝히기가 어렵다고 판단했으나 뇌물 제공자가 자청해 협조하여 호박이 넝쿨째 굴러들어왔다.

일단 증거 관계를 판단해 보니 구속영장 청구하는데 문제가 없다. 상부에 보고하고 적극적으로 수사에 나섰다. 우선 뇌물제공자에게서 참고인진술조서를 받은 다음 별도로 보관한 수표번호를 확보하고 문제된 사건기록도 확인하였다. 순찰차에서 잠을 자는 피의자의 신병을 확보하고, 순찰차까지 압수수색하였다. 나머지 수사관들은 피의자 자택까지 수색하고 잠시 후 사무실로 들어오겠다는 보고가 들어왔다.

잠시 후 수사관들에게 검거되어 오는 피의자의 모습은 늙수레하고 초췌한 모습이었다. 50대 후반으로 머리카락이 빠져 듬성듬성하고 흰 머리칼과 검은 머리칼이 뒤섞여 있는데다가, 작업복 같은 근무복도 일부는 찢어져 힘들어 보였다. 형사반장의 당당함은 어디에도 찾을 수 없었다.

조사는 즉시 착수하였다. 담당수사관은 가장 노련한 고참이었다. 그는 처음부터 강력히 부인하였다. 내년 말이 정년인데 그럴 필요가 없다면서 뇌물수수를 극구 부인하였다.

자정을 지나 새벽이 되면서 피의자도 자포자기를 하였는지 서서히 자백을 시작했고, 밤을 꼬박 새운 후 조사를 마무리하고 수사상황을 전부 정리하여 상부에 보고하고 뇌물죄로 구속영장을 청구하면서 긴박했던 그 하루가 지나가고 있었다.

피의자는 수사기관에 들어오면 자기에게 불리한 부분은 치밀하게 대비한다. 그래서 처음에는 극구 부인한다. 형사 처벌을 받으면 구속되고 노후자금인 연금을 받을 수 없어 혼신의 힘을 다해 부인한다. 그러나 수사기관에서도 아무 증거 없이 수사에 착수하지 않기 때문에 시간이 지나면서 증거 있는 부분부터 하나씩 인정하며 무너진다.

끈질기게 버티는 경우에는 조사팀을 적절히 배분하여, 한 팀은 좀 강하게 추궁하고, 또 한 팀은 차분하게 진행상황과 증거를 자세히 설명해 주는 등 강온 전략을 구사한다. 아이러니하게도 피의자가 범죄사실을 자백하는 것은 강하게 윽박지르는 악마의 발톱이 아니라, 인간대접을 해주며 부드럽게 대하는 악마의 속삭임에 넘어간다. 검거 당시 피의자는 순찰차에서 동료직원에게 자기 통장을 꺼내 보이면서 "나도 내년이면 정년퇴직을 하니 연금과 이 돈으로 귀농하겠다."고 했단다.

2-3년 후 퇴직하여 편안한 연금생활을 꿈꾸었을 것인데… 김 수사관이 전한 그의 이야기에 가슴 한편이 싸늘해지는 것이었다.

뇌물을 제공한 사람은 당시 자기 이익을 위해 뇌물을 주었지만 시간이 지날수록 그 돈이 아까워 돌려받고 싶어 하는 마음이 생기기 마련이다. 이처럼 상황이 뒤바뀔 수 있음을 생각하여, 공무원은 주변을 철저히 관리하고 스스로를 단속해야 한다.

공무원은 교도소의 담장 위를 걷는 사람이라고 한다. 담장 위를 걷다가 재수 없으면 교도소 안으로 떨어져 수감되고, 조금 나으면 밖으로 떨어져 사직하고, 재수 좋은 사람은 담장 끝까지 걸어가 무사히 마친다는 것이다. 많은 공무원들이 순간의 유혹을 뿌리치지 못하여 평생직장의 명예와 노후의 생활을 모두 날리고 차가운 교도소 바닥에 앉아있거나, 중도하차하는 경우가 허다하다.

'아차하면 나도 저렇게 될 수도 있는데….' 등골이 오싹했다. 정년을 앞두고 구속되는 초라하기만한 피의자와 그의 가족을, 내

충실한 공무를 수행하느라 나는 삭풍이 부는 엄동설한의 황무지
에 그들을 내몰게 된 것이다.

'내가 정말 잘한 것일까?'

말년병장의 설움

"저~어."

신병유치담당인 김정한이 노크하고 사무실에 들어와 말을 못하고 머뭇거리고 있다. 결재서류를 검토하던 중 눈을 들어 바라보니 얼굴색이 어둡다. 이런 경우는 십중팔구는 업무상 실수를 보고하는 경우다. 그의 얼굴을 보며 가슴이 철렁했다. '이 정도면 대형사고다.'

"무슨 일이야?"

대답 없이 안절부절 못하고 있다. 입사 경력이 일 년도 못되는 신참이었다.

당시 서울중앙지방검찰청 보직과장으로 근무할 때였다. 수사부서는 아니나 형사피고사건의 공판을 보조하는 부서로 재판 및 재판집행 관련 업무를 담당하고 있다. 김정한은 피고인이 실형이 확정되어 신병처리를 담당하는 자로, 실수가 생기는 경우에 문제가 심각해지는 자리다. 형을 집행하지 않아야 할 사람을 집행하면 불법구금이고, 집행해야 할 사람을 집행하지 않으면 직무유기가 되어 사회적으로 파문이 확산된다.

"일단 이쪽으로 앉아서 이야기를 해봐. 그래야 뭐가 어떻게 되고 어떻게 대처를 해야 하지 않나. 계장도 오라고 해."

3명이 소파에 앉았다. 담당자의 입을 바라보고 있으나 말이 바로 나오지 않는다. 무거운 침묵이 흘렀다. 집행계장이 입을 열었다.

"미국에 체류 중인 사람 중에 소멸시효가 임박한 형 미집행자를 강제 소환하는 과정에서 당사자가 법을 이용해 시간을 끄는 바람에 소멸시효가 지나갔습니다. 그 사람이 오늘 새벽에 귀국했어요."

처음에는 무슨 소리인지 이해가 안 되어 의아한 눈초리로 쳐다보았다. 그제야 자초지종을 설명하는 것이었다.

"징역 1년형을 선고받고 외국으로 도주한 형 미집행자를 검거하여 강제소환 진행 중에 형의 시효가 완성되었습니다. 그래서 형 집행을 할 수 없어 교도소에 수감할 수 없습니다."

이러한 상황을 신참 담당직원이 파악하지 못했고, 출입국관리국에서 신병을 검거하였다고 연락이 와서야 알았으므로, 이 건은 직무태만으로 담당자부터 결재 라인에 있는 사람들이 책임선상에 오를 것 같다는 내용이었다.

보고를 받으며 할 말을 잃고 침묵이 흘렀다. 가만히 있을 수 없어 즉시 그 경위를 보고서로 만들어 관련 상부에 보고하게 하였다. 나도 상부에 구두보고를 하였으며 그때부터 비상이 걸렸다.

난감하였다. 이제 정년이 얼마 남지 않아 현직을 떠날 준비를 하고 있던 중이다. 명예퇴직을 하려고 준비 중이다. 근무 중에 과오가 생기면 차질이 생긴다. 말년이 되어 조용히 근무하고 있었다. 담당직원의 근무태만이니 경위야 어떻든 감독책임을 지게 된다. 그렇다고 이제 갓 들어온 신참을 야단칠 수도 없었다. 감독자인 나도 그 책임에서 벗어나기가 어려울 수 있다. 이제 명예 퇴직하는 것이 물거품이 되는 것인가 하는 생각이 들자 가슴이 무너졌다.

'사람의 일이라는 것이 항상 마음먹은 대로 되는 것은 아니구나.' 하는 마음에 겉으로 표현도 못하고 혼자 속으로 끙끙 앓았다. 감찰부서에서 그 경위를 조사하기에 이르렀고 담당자와 담당계장은 그 일로 이리저리 불려 다녔다. 속이 바짝바짝 탔다. 그렇다고 어깨가 늘어져 있는 부하 직원에게 책임을 전가할 수도 없어 속앓이만 했다. 군에서도 말년병장의 설움이라는 말이 있다. 사고를 당하는 것도 말년에 발생한다고 해서 나온 속담이다. 이런 일이 없이 마음 편히 떠나 자리로 옮길 수 있다는 희망을 가졌었다.

그런데 이 일이 어떻게 결론이 되느냐에 따라 나의 미래도 바뀌게 되어 있다. 마지막 무대를 잘 장식하면서 떠나고 싶었는데 소원도 들어주지 않는다고 혼자 투덜댔다. 이 사안은 열심히 직무를 수행해도 알 수 없었던 불가항력의 사유라고 읍소를 하고 다녔다. 담당자를 비롯하여 그 상관들의 피해를 최소화시키는 것이 최선이었기 때문이다. 마음대로 되는 것은 아니지 않은가. 상부에서도 결재라인에 있는 사람들도 자기는 책임 없다고 발을 빼고 있으니 고립무원의 상황이 된 것이다. 진인사대천명이라고 이렇게 최선을 다해 상황을 설명하고 구명운동까지 했으니 이제는 결과를 기다릴 수밖에 다른 방법이 없었다.

지루한 시간이 흘렀다. 사장이 불렀다. 전부터 같이 호흡을 맞춰 근무했던 사람으로 상당히 합리적인 사람이다.

"감찰결과가 나왔어요. 물론 직원의 태만한 잘못이 큰 것은 아니지만, 이런 대형사건이 터졌으니 어떤 식으로든지 결정을 해야 해요. 담당직원은 다음 인사이동시 다른 청으로 전출시키기로 하고, 계장 과장 국장 부장 등은 일단 시말서를 받기로 했어요. 좀 더 선처를 하고 싶으나 대검 방침이 그렇게 결정이 났어요.”

미안한 기색으로 설명하였다. 사무실로 돌아와 담당자들을 불러

“그래도 다행이다. 김 주임도 징계 없이 인사발령으로, 나머지는 시말서로 마무리되었으니 하늘의 축복이 있는 것으로 생각해.” 하며 그들의 어깨를 두들겨 주었다.

군대든 어떤 조직이든 오랫동안 근무하는 동안 누구나 실수를 하고 과오도 있을 수 있다. 차라리 신참이면 앞으로 일어날 일을 미리 일어나 배우는 과정이라고 치부할 수 있다. 그러나 상관이 되어 업무는 꿰뚫고 있다고 하여도 많은 직원들이 자기 맡은 바 업무를 잘 수행하고 있는지 완벽히 감독하기는 불가능하다. 문제가 발생할 수 있는 업무담당자를 불러서 격려를 해주는 정도밖에 하지 못한다.

그러니 말년 병장이 이곳을 떠나 집으로 간다는 꿈에 부풀다가 하루아침에 벼락 맞는 경우가 많다고 하는데, 군대 아닌 다른 조직에서도 그러한 일은 많이 일어날 수 있으며 남모르는 마음고생을 한다.

“이것이 세상 사는 법칙인가?”

chapter

02

떠날 때는 소풍가듯이

급박한 순간

– 중국선박의 압류

"세월이 가면…" 하면서 휴대폰이 요란하게 노래를 한다.

당시 음반을 취입하면서 부른 내 노래를 휴대폰 벨로 사용하고 있었다.

비번이라 가족들과 나들이 가는 길이다. 휴대폰 화면을 쳐다보니 같이 근무하는 직원 전화다. 보통 일반적인 전달사항이 있으면 문자를 보낸다. 그러나 중요하고 급한 사항이면 전화를 한다. 내가 전화를 받지 않으면 어쨌든지 사무실에서 응급상황으로 자체 처리한다. 후에 상황을 물어오면 휴대폰을 집에 놓고 외출하여 연락을 받지 못했다고 핑계 대면 상황은 종료된다.

그러나 전화 받으면 응급상황일 것이 틀림없으니 즉시 출근해야 할 것이다. 잠시 받을까 말까 망설였다. 결국 전화를 받았다.

"최 과장입니다 외항에 정박한 중국 국적의 선박에 대한 압류신청이 들어왔습니다. 외국 선박은 언제 출항할 것인지 모르니 즉시 압류하여야 합니다. 지금 부두로 오실 수 있나요? 여의치 못하면 내근하는 다른 집행관님께 부탁해보겠습니다."

선박압류는 아주 드물게 일어난다. 그러다보니 담당 집행관을 정하지 않고 순번제로 처리한다. 이번이 내 담당이다. 외국 선박의 경우 항구에 잠시 정박하다 출항하는 경우가 많다. 만일 늑장 부리다 출항해 버리면 직무유기라고 채권자의 항의가 빗발친다.

휴대폰을 바라보며 속으로 투덜거린다. '에이 받지 말았을 걸' 하였으나 이미 늦었다. 내 일이니 어쩔 수 없다. 내가 직접 현장에 가는 것이 맞다. 가족들에게 집으로 다시 돌아가라 하고 승용차를 운전하여 연안부두로 갔다.

부두에 도착하자 직원과 채권자가 소형선박에 대기하고 있었다. 그리고 현장상황에 대하여 들었다.

선박압류는 처음 하는 일이다. 간단히 마칠 수 있다는 최 과장의 말에 별 생각 없이 드라이브하는 기분으로 배를 탔고, 나는 그때 압류대상 선박이 부두에 정박한 소형선박으로 생각했었다. 그런데 파도를 헤치고 거의 1시간 정도 외항으로 나갔고, 그곳에 수천 톤 급의 시커멓고 거대한 배가 섬처럼 덩그러니 정박하고 있는 게 아닌가. 뒤를 돌아보니 부두는 아스라이 멀었다. 망망대해에 파도만 넘실거리고 갈매기조차 보이지 않았다.

그 당시, 중국 어부들이 우리 해경에게 쇠창살 같은 흉기로 해경을 공격하여 순찰선이 침몰당하고 해경직원들이 사망하거나 중상을 입는 등 험악한 시기였다. 그런 보도를 접할 때에도 나 같은 범부와는 상관없는 일로 치부하고 있었다. 그런데 거대한 배를 보는 순간 갑자기 내 가슴으로 찬바람이 불었다.

직원과 채권자에게 "우리 3명이 아무런 보호 대책 없이 가도 괜찮습니까?" 라고 물어 보았다. 채권자는 "아무 문제가 없다."고 하면서 저 배가 출항하면 큰일이니 빨리 배에 올라가자고 서둘렀다. 최 과장도 내키지 않는 기색으로 엉거주춤하였다. 뒷골이 오싹하고 두려운 마음이 엄습하였다. 그렇다고 경찰보호요청을 할 수도 없었다. 일단 거대한 배 옆으로 갔다. 작은 배에서 채권자가 큰소리로 불렀으나 아무 인기척이 없었다. 위를 올려다보니 배 높이가 아파트 4, 5층도 넘어 보였다. 괴괴한 적막감만이 주위를 맴돌았다. 불안한 생각이 들어 되돌아가고 싶었으나 공무집행하러 왔다가 특별한 이유 없이 중도에 철수할 수도 없는 노릇이었다. 채권자가 계속 배를 두드리며 불러대니 한참 후에 배 위에 사람들이 나타났다. 중국말로 서로 대화한 후 배 위에서 줄사다리가 내려왔다. 바람에 휘청거리는 사다리를 잡고 힘겹게 배 위로 올라갔다.

갑판에는 선장과 얼굴에 수염이 더부룩하고 험상궂은 남자 3,40명이 도열해 있었다. 우리가 갑판으로 올라서자 선원들이 사다리를 치웠다. 주위를 둘러보았다. 갑판이 낮아 갑판에서는 육지와 다른 배들은 고사하고 위쪽으로 하늘만 보였다. 채권자와 선장이 중국말로 대화하며 사무실로 들어갔다. 선장과 채권자가 전화로 본국 회사와 통화하였다. 중국말로 대화하니 알아들을 수가 없어 답답하였다. 그들의 언성이 높아져 주위가 많이 소란스러웠다. 나와 최 과장은 서로 얼굴만 쳐다보고만 있었다. 갑자기 선원들이 인상을 쓰면서 우리를 노려보고 있었다. 상황이 불리하게 돌아가는 것 같았다. 신변보호 조치를 하지 않고 배에 승선한 것이 후회되었다.

갑자기 무서운 생각에 소름이 끼치고 등에 식은땀이 흘렀다. 만일 이들이 우리를 태운 상태로 중국으로 출항하면 어쩌나. 불길한 생각이 꼬리를 물면서 앞으로 어떤 일이 벌어질는지 얼굴이 굳어졌다. 선장이 본국 선주와 통화하면서 서로 언성을 높이고 있었다. 채권자도 얼굴이 벌겋게 되어 전화기로 상대 선주와 다투고 있었다.

곧 끝난다고 하였으나 벌써 2시간이 지나고 있었다. 중국선원들은 정박하여 물건만 내려놓고 바로 본국으로 돌아가기로 되었는데 갑자기 우리가 나타나 '이 선박은 압류되어 출항을 할 수 없다'고 하자, 선원들 사이에 소요가 일어나 우리를 잡아먹을 것같이 살기등등 노려보며 위협을 가하고 있었다.

갑판에 있는 텔레비전에서 중국 선원의 무자비한 공격이 방영되고 있었다. 겁이 덜컥 났다. 부두와 너무 멀리 떨어져 주위에 아무것도 없고 고작 우리 측은 3명이고 선원들은 건장한 남자 40여 명이 넘으니 그대로 닻을 올리고 출항해 버리면 꼼짝없이 중국으로 끌려가게 될 것 같았다. 최 과장의 휴대폰을 받지 말았어야 했는데 후회막급이었다.

중국에 끌려가면 국내로 되돌아온다고 해도 몇 달이 걸릴지 몇 년이 걸릴지 몰랐다. 상황이 더 나빠지면 중국에서 아예 돌아올 수 없거나 아니면 서해에 수장될지도 모른다는 생각으로 가슴이 꽉 막혔다.

문제는 그 선박에서 정작 결정권한이 있는 나는 아무런 힘을 발휘할 수가 없다는 것이다. 우선 말도 통하지 않았고 눈을 부라리며 위협하는 중국 선원들의 기세에 생명의 위협까지 느껴지니 어쩔 수가 없었다. 그들의 협박으로 법에 의한 정당한 공무집행은 고사하고 아무것도 할 수 없다는 무기력함에 마음 깊은 곳에서 분노가 들끓었다.

시간은 자꾸 흘러갔다. 채권자가 돌아와 직원과 대화를 하더니 돌아가자고 하였다. 채권자도 선박을 압류하려 하였으나 선장과 선원들이 너무 완강하여 여차하면 사고가 날 것 같아 일부만 받고 나머지는 후에 분할해서 받는 걸로 합의했다고 하였다. 그러나 성이 차지 않았는지 연신 투덜댔다.

서로 양보하여 합의했으나 선장은 못마땅한 얼굴로 줄사다리를 내려주어 타고 온 소형선박으로 돌아올 수 있었다. 소형선박에서 중국 국적의 배를 바라보니 우리가 타고 온 선박보다 20배는 더 우람했다.

배를 돌려 부두로 돌아오던 중 당시 험악했던 상황을 채권자는 무용담을 늘어놓듯이 떠들었으나 나는 멀어진 중국 선박을 바라보며 조금 전의 두렵던 생각은 전부 어디로 가고 참새들이 모여 재잘거리는 것 같았다. 사람은 망각의 동물이어서 다행이라는 생각이 들었다.

어느덧 파도는 잦아들고 뒷전을 파고드는 시원한 바람만이 얼굴을 스쳤다.

이럴까 저럴까

법정 안이 웅성거린다. 시선이 온통 나에게 집중된다. 법정 안에서 부동산경매를 진행하다보면, 법과 규정에 명확한 규정이 없어 결정하기 애매한 경우가 발생한다. 그것도 부동산경매는 즉석에서 결정하고 발표해야 하므로 결정에 신중하고 순간적으로 판단을 잘해야 한다.

서울지방법원 집행관으로 부동산경매 입찰담당으로 발령받은 후 한 달여가 지난 즈음이었다. 아직도 업무가 익숙하지 않은데 어려운 것을 결정해야 할 사건에 직면하였다.

경매를 진행하다보면 신문에 경매공고를 한다. 공고 후, 취하나 변경이 되는 경우에는 확인하고 이 물건에 응찰을 하지 않아야 한다. 그런데 이를 소홀히 하여 응찰하는 경우가 종종 발생한다.

경매는 보통의 경우 조금이라도 저렴하게 매수하고자 응찰하는 경우가 많다. 응찰자 중 '갑'이라는 사람이 한 사무실 경매가 취하되었음에도 확인하지 않고 경매공고만 믿고, 다른 물건을 그 물건으로 착각하고 많은 금액으로 응찰 했다. 도리어 시가보다 비싼 금액으로 낙찰을 받게 되었다.

이렇게 '갑'이 최고가매수신고인이 되어 낙찰되면 시가의 3배 가격으로 매수하는 것이 되고, 포기하면 보증금 수천 만 원이 날아갈 형편이다. 그 물건이 필요하여 낙찰 받으려 응찰한 '을'은 차순위매수신고인이 되어 낙찰을 받지 못하게 되었다.

다툼이 일어난 것은 최고가매수신고인인 '갑'은 자기가 잘못한 것은 인정하지만, 금액차이가 너무 많이 나 착각이 확실하니 자기의 응찰은 무효로 하고, 보증금을 돌려 달라고 했다. 차순위매수신고인 '을'은 '갑'의 입찰은 착오로 응찰한 것이니 당연히 무효로 하고 이 물건은 자기에게 꼭 필요한 것이므로 자기가 낙찰 받아야 된다는 주장이다. 그러면 서로 피해보는 것이 없고 상부상조하는 것이라고 사정하였다.

법정 안에 있는 사람들도 "사정이 딱하니 그 사람들 말대로 하는 것이 서로 합리적이다."라고 그들 편을 들면서 집행관인 나를 압박하였다.

물론 그들의 사정이 이해가 가고 피해가 큰 사안이라 혼자 결정이 어려워 다른 동료직원들과 상의했다. 동료들도 의견이 엇갈렸다. 시간은 촉박하고 갈피를 잡을 수가 없었다. 모두 내 결정만 기다렸다. '갑'은 자기 잘못임에도 적반하장으로 더욱 언성을 높였다.

규정대로 처리하면 간단하지만 그렇다고 그 두 명의 입장을 무시하고 법대로만 처리하면 '갑'은 작은 과실로 수천만 원을 손해 보게 되어 마음이 불편했다. 편의를 봐 줄 수 있으나 이런 중대한 문제를 법을 벗어나 처리할 수는 없었다. 이 결정은 다른 사람이 대신해 줄 수도 없다. 그래서 그동안 공직생활에서 경험한 대로 법의 규정에 근거하는 것이 옳다고 결론 내렸다. 그러자 결정하는 맥락이 눈에 들어오며 실타래가 풀려가기 시작했다.

우선 당사자 둘을 불러서 상황설명을 해주었다.

"나도 서로 피해 없는 방향으로 결정하고 싶으나 엄연히 법과 규정이 있고 당사자의 잘못도 있으니 규정대로 처리할 수밖에 없습니다."

나는 법대 마이크를 잡았다.

"발표하겠습니다. 본 건은 3억5천만 원으로 응찰한 '갑'이 최고가매수신고인이 되었습니다. 차순위매수신고하실 분 계십니까?"

신고여부를 재차 물어 보았으나 차순위매수신고인이 나오지 않았다.

"차순위매수신고인이 없으므로 본 건 매각절차 종료합니다."

이렇게 선언해버리자, 웅성웅성하던 법정 안이 갑자기 조용해졌다.

"그리고 이 결정이 부당하다고 생각되면, 재판장에게 '이의신청'하여 적정여부를 판단 받고, 이 결정이 부당하면 다시 결정이 번복될 수도 있습니다."

불복절차까지 알려주고 잠시 복도로 나왔다. 마음을 가라앉히기 위해서다.

그들의 안타까운 사정을 고려해 주고 싶지만, 후에 이 결정이 기준이 되어 유사한 사건처리에 선례가 되게 할 수는 없다. 또한 관중 중 한 명이라도 이 결정의 부당성에 대해 이의를 제기하면 직권남용이라는 비난을 면키 어렵다.

결국은 법대로 결정하였다. 나와 직장 안위를 위해 그들의 사정을 모른 체 한 셈이다.

'잘한 결정일까, 아님 더 좋은 솔로몬의 지혜가 있었을까.'

마땅한 방법을 찾을 수가 없었다. 이미 결정을 발표해 다시 바꾸기가 어렵고, 바꾼다 해도 달리 뾰쪽한 수가 없어 '나는 법안대로 결정한 것이니 잘 했어'하면서 스스로를 위안하지만, 그들이 피해 보지 않으려고 뛰어 다니던 모습이 눈에 선하여 안타까운 한숨을 크게 내쉰다.

"휴~~."

찰칵 찰칵

'찰칵 찰칵, 찰칵 찰칵'

나른한 오후 고요함이 감도는 거대한 공장 앞마당에서 갑자기 카메라 셔터 소리가 적막을 깨뜨렸다. 앗차, 하며 제지하려 했으나 이미 늦었다. 얼굴이 벌그레한 50대의 남자가 고리눈을 부릅뜨고 이글거리는 분노를 담고 비틀거리며 공장계단으로 내려오는 것이 보였다.

서울지방법원 소속 집행관 신분으로 경매물건의 현황조사를 담당하고 있었다. 일반 부동산거래는 중개인이 상황 설명하고 직접 확인하고 계약을 하나, 경매의 경우는 직접 확인이 곤란하다. 그래서 집행관이 직접 대상 부동산의 현재 소유나, 건물상태, 임대차관계, 유치권 등을 상세히 조사하여 경매참가자들에게 정보를 제공한다. 원활한 경매 진행을 위해 물건의 상태를 조사하려고 방문한 것이다.

그곳 공장이 부도 처리되어 채무자의 마음 상태가 벼랑 끝에 몰린 상태여서 불상사가 일어날 여지가 많다. 모두 행동을 신중히 하고 업무수행에서도 조심스럽게 행동한다. 불난 집에 부채질하는 경우가 발생하면 난감하기 때문이다.

대상 부동산에 대한 현황조사차 나가면 집행관과 보조 간에 적절히 업무를 분담한다. 단순 업무인 현장촬영은 보조에게 맡기고, 나머지 상황은 집행관이 꼼꼼히 하나하나 체크한다.

그날 채무자는 공장이 날아갈 상황이라 심기가 상당히 불편하므로, 채무자 모르게 담 밖에서 조용히 찍으라고 보조에게 설명을 하려는 순간, 손 쓸 틈 없이 공장주가 보게 된 것이다.

그곳에 가기 전 공장에 대하여 미리 사정을 파악해 보았다. 사장은 한 달여 전에 그 공장을 10억여 원에 인수하였으나, 바로 채권자가 공장을 경매 신청하였다. 사장 입장에서는 이 일이 화나고 속상해 견딜 수 없어 대낮부터 술을 마신 것이다. 지금까지 직원들의 동요를 막으려 쉬쉬하여 왔으나, 대낮에 수상한 사람들이 와서 촬영하는 것을 본 직원들이 동요할까 염려되어 머리끝까지 화가 치밀어 오른 것이다.

사무실에는 20-30여 명의 건장한 남자직원들이 모여 웅성거리고 있었다. 사장은 술에 취해 횡설수설하며 막무가내로 덤벼들고, 직원 중 일부는 사장을 간신히 막고 있고, 나머지 직원들은 나를 에워쌌다.

"당신 뭐야. 어디서 왔어. 왜 사진을 찍어."

눈을 부릅뜨고 다그치고 있었다. 나와 보조인 여직원 둘밖에 없는 상태에서 처음 당하는 일이었다. 전 직장에서 수사 중 사람들에게 갇혀 험악한 상황을 당하는 경우도 있었으나, 당시는 동료들도 많았고 수사기관이라는 배경이 버티고 있어 걱정이 없었다. 이번에는 여직원 한 명만 두려움에 오들오들 떨고 있고, 공권력의 배경도 없이 홀홀단신 나 혼자 있어 슬금슬금 두려움이 물밀듯이 밀려왔다. 신변의 위협을 느끼자 두려워 다리가 후들거리며 자꾸 뒤쪽으로 밀려갔다. 정말 일촉즉발의 순간이었다.

정당한 공무집행 중 큰 잘못 없이 잘못했다고 사과하거나, 그냥 물러날 수 없는 상태였다. 까닥하면 망신만 당하고 공권력이 무릎 꿇는 수모를 당하는 상황이 될 것 같았다.

'설마 더 밀리기야 하겠나.' 단전에 힘주고 용기 내어 집행관신분증을 꺼내 목에 걸고 현황조사명령서를 손에 들고 큰소리로 소리쳤다.

"여러분 나는 지금 법원명령을 받고 이 물건 현황조사 나온 사람입니다. 이 일은 정당한 공무집행 중이니 이를 방해하면 공무집행방해죄로 처리하겠으니 그런 불상사는 서로 만들지 맙시다."

웅성웅성하던 직원들이 나를 보면서 일시적으로 조용해지기 시작했다.

"제가 여러분과 원한 있어 조사하는 것도 아니고 나도 업무로 방문한 것이니 협조해 주시기 바랍니다. 공장이 경매되는 것도 억울한데 흥분하여 형사처벌까지 받아야 하는 불상사는 막아야 되지 않겠습니까."

머리끝까지 화가 치밀어 올랐으나 현장에서 싸울 수 없었다. 할 수 없이 사장의 흥분이 가라앉을 때까지 현장을 잠시 떠나 기다렸다. 일은 현장에서 조용히 마무리하는 게 최선이다.

술 취한 사장이 잠잠해지기를 기다리다 보니, 한편으로는 이렇게까지 해야 하는지 자괴감까지 들었다. 문제가 안 생겼으면 20여 분도 안 걸릴 것이 이번 시비로 2시간여를 소비하고 서로 감정도 상한 것이다.

시간은 명 해결사다.

상황을 수습하고 다음 장소로 이동하던 중 직원은 자기로 인해 불상사가 발생하였다는 생각으로 코가 석 자나 빠져 있다. 나도 사람이라 화가 났으나, 일을 더 잘해보고 싶은 생각으로 한 일이니 야단칠 수가 없었다.

"앞으로는 그 사진 찍는 일은 밖에서 모르게 찍어야 해요. 그들도 생각해 보면 얼마나 속상하겠어요?"

보조를 바라보면 씽긋 웃고 걱정 말라는 의미로 어깨를 한번 으쓱하며 액셀러레이터에 힘을 주었다.

신혼부부 어이할꼬!

"오늘 집행할 곳은 웨딩홀입니다. 집기가 많아 시간이 많이 걸릴 것입니다."

집행하는 날이면 새벽 일찍 일어나 7시경 출발하여 현장에 9시 정도에 도착한다. 그때부터 오후 3-4시까지 쉴 틈 없이 일정을 잡아 현장 집행을 한다. 하루에 20여 건의 인도 집행을 해야 하는 강행군이기 때문이다. 담당 직원은 미리 그 날 할 일을 준비하고, 채권자 채무자 등에게 필요한 사항을 통보하고, 인부동원까지 준비한다. 현장에 가는 승용차 안에서 그 날 할 일을 설명하고, 특히 중요한 사안은 현장 상황을 상세히 이야기해 준다.

오늘 집행하는 웨딩홀은 유동 인구가 많은 전철역 근처이고, 1층에는 노인들에게 유명한 한의원도 있다. 나이 드신 분들이 많아 여러 가지로 신경이 쓰이는 곳이다. 게다가 파손되기 쉬운 집기와 집행 범위도 넓어 혹시 모를 불상사에 대비하여 만반의 준비를 해야 한다. 보통 상부에 집행상황을 보고하지 않지만 오늘 집행은 중요사건으로 분류되어 상부에 보고한 상태다. 그동안 수회에 걸쳐 집행신청이 되어 현장 방문하였으나, 합의하는 것이 최선이라는 생각으로 몇 번 연기를 해 주었었다. 더 이상 미룰 수 없어서 집행하기로 한 것이다.

그러나 문제는 다른 곳에 있었다. 예식장은 평일은 손님이 적으나 주말은 다르다. 예식장이 교통이 편리한 전철역 입구에 있어서 많은 신랑신부가 이곳에서 예식을 치른다. 예약이 3개월 이후까지도 되어 있는 상태이다. 예식장을 오늘 집행하여 집기를 밖으로 내보내면, 이번 주말부터 3개월간의 주말 예약손님들이 문제인 것이다. 물론 평일 다른 예약손님과 다른 행사 예약도 문제이다. 그래서 합의를 유도하였던 것이었다.

현장은 6층 빌딩이고, 3개 층을 웨딩홀에서 사용하고 있다. 집행하기 위하여 인부도 100여 명이 동원된다. 물건이 전시용 유리그릇이나 유리조각품 등 파손되기 쉬운 물건들이 많다. 원래는 트럭으로 운반하여 창고에 쌓아 두어야 하나, 보관비나 운반비가 너무 많이 들어 채권자에게 큰 부담으로 작용한다. 그래서 그 현장 한쪽 구석에 쌓아두고 금지 표시를 하는 것으로 결정했다.

오늘 집행할 예식장은 개인 소유 건물이 아니고 사단법인의 소유였다. 사공이 많은 배가 산으로 간다는 속담이 있듯이 오너가 있어 결정을 내리는 것이 아니고 위원회가 결정을 내린다. 의사결정이 느리고, 결정이 되면 변경이 어려운 상태였다.

다시 연기하고 싶어도 의사결정을 받기가 어려웠다. 그날은 목요일이다. 마음이 무거웠다. 곧 주말이 아닌가. 현장에 도착하자마자 직원에게 예약을 전부 취소 통보하였는지 물어보았다.

"지난번에 와서 예약을 받지 말라고 했지요? 예약되어 있는 것은 전부 취소해 놓았겠지요?"

예약담당 여직원에게 물으니 고개를 옆으로 흔든다. 웨딩홀 사장은 전부 해결이 잘될 것이니, 평일은 물론이고 몇 달 동안의 주말 결혼식 예약도 빡빡하게 잡아 놓으라고 지시하였단다. 잘 해결될 것으로 알고 예약을 전부 받았다고 했다. 이러한 상황을 우려하여 몇 번을 연기하였었다. 그동안 집행을 연기할 때마다 사장에게 다음에는 집행해야 하니 예약을 받지 말라고 신신당부까지 하였다.

"네 알겠습니다. 그렇게 하겠습니다."

철석같이 약속하였는데 무슨 속셈인지 예약을 전부 받아 놓았다. 사장은 한 푼이라도 건지려고 하였을 것이다. 그러나 예식장의 계약을 믿고 청첩장까지 돌린 주말 결혼예약자들은 난리가 날 것이다. 예식장 사장의 비양심과 이기심에 아연실색하였다.

현장에서 웨딩홀 사장에게 전화를 했다. 전날까지도 잘 되던 전화번호가 결번으로 나왔다. 어제까지 출근하여 예약금까지 전부 받아갔다고 한다. 직원도 사장님에게 전화하니 오늘 아침부터 갑자기 결번이 나오더라는 것이었다. 사람으로서 이럴 수가 있을까 하는 생각이 내 머리를 흔들게 만들었다.

'정말 이런 사람이 있다니….' 집행을 몇 번이나 연기하면서까지 예약 고객들을 보호하고자 했던 것에 대한 심한 배신감이 느껴졌다.

집행을 시작해야 할 시간을 넘기고 있었다. 마음의 결정을 못하고 말없이 있자 직원을 비롯한 인부들이 내 얼굴만 쳐다보고 있었다.

"집행합시다."

목소리는 힘이 없었고 공허하게 메아리쳐졌다. 아, 그 많은 신랑신부들의 아우성이 눈앞에 보이는 것 같았다.

인부들이 분주하게 움직였다. 탁자와 유리거울, 유리잔 등 위험한 물건들이 즐비하였으며 꼭대기 층에는 식당과 주방이 있다.

이 많은 물건들을 한 곳에 모아 포장을 둘러 씌워 다른 사람들의 접근을 막아야 했다.

집행하는데 꼬박 한나절이 걸렸다. 인부들은 숙달되어 빠른 속도로 진행을 하였지만 시간은 필요하였다. 점심시간이 훨씬 지나서야 집행이 마무리되었다.

집행을 마치고 의뢰한 채권자에게 고생하셨다는 인사를 하며 점심식사를 위해 식당으로 갔다. 집행하면서 기분이 착잡하다. 입맛이 썼다.

웨딩홀을 운영할 정도이면 사회에 이바지할 수 있는 위치에 있는 사람임에도 자기 앞 이익만 위해 첫 출발을 하려는 신랑 신부와 그 가족들에게 상처를 주는지 이해가 되지 않았다. 생각이 실타래처럼 엉켜 풀리지 않았다.

점심도 먹는 둥 마는 둥 하고 식당을 나왔다.

'그래도 세상은 아무 일 없이 잘 굴러간다. 시간도 정지하지 않고 진행하고 있는데, 소시민인 내가 뭐라고 남의 일까지 걱정하나.'

그 날부터 며칠 동안 사무실의 전화기에 불이 났다.

어느 할머니의 욕심

벽에 기대고 있던 80대 할머니가 갑자기 머리를 옆으로 떨구며 아래로 꼬꾸라지는 순간이었다. 나는 그 옆에 있다가 엉겁결에 한 손을 들어 머리를 받쳤다. 그렇지 않았으면 큰 불상사가 발생했을지 모르는 절체절명의 순간이었다. 가슴을 쓸어 내렸다.

서울지방법원 소속 집행관 신분으로 그날 채권자인 서울시 중구청의 신청으로 할머니의 주택을 명도 집행하는 중이었다. 당시 중구청에 따르면, 동네 주차장이 협소하여 주민들의 숙원사업으로 공영주차장 설치 민원이 폭주하였다. 해서 구청은 주민복지차원에서 주차장을 설치하려 하였다.

그러나 현재 거주하는 할머니가 걸림돌이었다. 담당공무원에 의하면 노인은 그곳에서 거주는 하지만 다른 곳에 집도 있고 자식도 있는데도 노인임을 빙자하여 주차장 부지를 무단점유하고 막무가내로 보상금을 더 요구하며 인도를 거부하고 계속 버티고 있다는 것이다. 그동안 수회에 걸쳐 명도를 시도하다 미루었으나 태도가 변하지 않으니, 중구청에서 이번에 반드시 건물을 철거해 달라고 하였다.

직원과 같이 현장에 도착하니, 이미 수십 명의 철거인부들이 대기하고 있었다. 구청, 주민센터 담당직원, 요양보호사, 공무원들도 10여 명 있었고, 관심 있는 인근 주민도 주위에 쭉 늘어서 있었다.

먼저 그 건물에 들어가 상황을 점검해 보니, 이미 오래 전에 출입문과 창문도 부서지고 다른 가재도구도 거의 없었다. 부서질 듯한 낡은 장롱과 침대, 냉장고만 눈에 띄었다. 그래도 집행이 곤란하다는 판단이 들면 중지할 수 있겠지만, 공무를 자꾸 미룰 수 있는 처지가 아니니 철거하기로 결정하고 착수하였다.

밖의 상황을 살펴보니 담당공무원과 요양사도 한쪽에 떨어져 방관하고 있고, 인부들은 집에서 가재도구를 꺼내 차에 실으며 분주히 움직였다. 많은 사람이 움직이는 현장에서 당사자의 돌출 행동으로 가끔 현장에서 불상사가 발생하는 경우가 있어 옆에 있던 철거업체 사장에게 부탁하였다.

“이 할머니는 고령입니다. 사고 염려가 있으니 별도로 사람을 옆에 붙여서 잘 돌봐주세요.”

“예, 알겠습니다.”

철거업체 사장의 지시로 처음에는 인부 중 한 명이 전담해서 그 할머니를 돌보고 있었다. 그런데 그 인부가 다른 동료가 도움을 청하자 짐을 나르기 위해 슬그머니 집안으로 가버리는 것이었다. 결국 할머니 혼자 그 자리에 앉아 있게 되었다. 주위를 둘러보고 상황을 살피면서 할머니를 보는 순간 뭔지 모를 불안감이 엄습하였다.

왠지 설명하기 힘든, 몹시 기분 나쁜 불안감이었다. 예감이 이상하면 무슨 일이 일어나는 경험이 있어 앞에 보이는 할머니 옆으로 다가갔다. 할머니는 벽에 힘겹게 기대어 눈을 감고 있었다. 안색이 창백하고 얼굴에는 전혀 힘이 없어 보였다. 근처에 있는 요양사나 주민센터 담당직원을 부르려는 순간, 갑자기 할머니가 옆으로 쓰러졌다. 나는 자신도 모르게 “할머니!”외마디 소리를 지르며 손으로 할머니의 머리를 가까스로 받쳤으며, 그때야 담당공무원 요양보호사가 놀라 달려와 부축하였다. 누군가 119를 호출하여 잠시 후에 사이렌 소리가 들렸다. 구급차가 할머니를 싣고 인근 병원으로 모시고 가 상황이 수습되었다.

할머니의 기력이 이렇게까지 쇠진한 것을 알았으면 처음부터 할머니 안전부터 조치하였을 것이다. 그런데 할머니는 몸도 건강하고, 욕심만 잔뜩 부리며 사사건건 반대만하는 노인이라는 담당 공무원의 말에, 나도 모르게 마음속으로 선입견이 생겼던 것 같았다.

그리고 보면 한쪽 말만 듣고 상황 파악하는 것은 잘못된 것임을 잠시 생각했다.

주위가 어수선하고 현장 상황파악에 신경 쓰느라 할머니를 방치하였다가 큰 참변을 맞을 뻔하였다. 할머니가 앉아있는 장소 옆으로는 건축자재나 철근, 못 등 흉기 같은 것들이 즐비한 위험한 장소여서, 그대로 넘어졌으면 큰 인명사고로 이어질 뻔했다는 끔찍한 생각을 하니 등에 식은땀이 흘렀다.

철거집행을 하다보면 예측 못한 일들이 발생하는 경우가 다반사이다. 그런 경우에 임기응변으로 적절히 대처하고 있으나, 대처를 잘못하는 경우 불상사가 생긴다. 대부분은 문제가 제기되지 않아 묻히고, 일부는 언론에 오르내리고 잘잘못을 따지는 등 낭패를 보는 경우가 있다. 주위사람들이 웅성거리는 것을 보고, 가슴을 쓸어내렸다. 그러나 집행이 완료될 때까지 안심할 수 없어 다시 긴장을 하고 눈은 다시 현장으로 돌아간다.

죽음을 안고 가는 갠지스 강

뉴델리 공항은 덩그렇고 스산하여 쓸쓸한 생각이 스쳐갔다. 멀리 뉴델리 도시의 정경이 눈에 들어왔다. 인도는 지저분하고 낙후된 도시로 생각했는데 의외로 그곳은 고층 빌딩이 즐비한 화려한 도시였다. 인도에 대한 선입견으로 여행을 기피하였으나 고대부터 현대까지 섞여 사는 독특한 곳이므로 한번쯤 여행해볼 만 하다는 친지의 충고에 밀려 속는 셈 치고 2주간의 여정으로 여행했다.

여행 일정 중 1주일이 지날 무렵 갠지스 강에 가는 날이었다. 이 강은 '밤의 천국'이 실감날 것이라고 하며 밤에 도착하여야 갠지스 강의 특유의 맛을 제대로 구경할 수 있다 하였다. 점심식사 후 현지인이 운전하는 '락샤'라는 자전거를 타고 강으로 갔다.

멀고 길이 좁고 복잡하여 곡예운전을 하는 락샤에 의지한 후

어둑어둑해질 무렵에야 도착했다. 강가는 구경꾼들로 인산인해를 이루었다. 입구를 지나 강가로 들어가는 길도 파도에 밀려가는 것처럼 짐짝이 된 기분이었다.

강변을 바라보니 힌두교 전통 신도들의 행사인 무당굿이 한창이었다. 환하게 불을 켜 놓은 천막은 굿판으로 사용되고 있었다.

배 타고 강으로 나갔다. 강에 정박한 배위에 수많은 장사꾼들이 촛불을 팔고 있고, 여행객 또한 촛불을 들고 있었다. 촛불을 강에 띄워 보내면 이생과 내생에 공덕을 쌓는다는 생각으로 촛불을 강에 띄워 보내는 것이다. 갠지스의 물은 흙탕물이다. 그곳에서 목욕하면 복을 받는다 하여 목욕하는 사람이 있었다. 목욕하는 틈 사이로 바라보니 물 아래로 1센티도 보이지 않을 만큼 검붉었고 퀴퀴한 냄새가 났다. 나도 많은 배 사이로 간신히 강 안쪽으로 들어가 촛불을 강에 띄워 보냈다.

어두워진 후 장작불이 활활 타오르는 상류 강가로 갔다. 강가에는 커다란 통나무들이 거대한 배처럼 쌓여있었다. 강 옆에는 10여 군데에 통나무로 불을 지피고 있었다. 장정 4-5명이서 꽃상여를 메고 와 높게 쌓여있는 장작 위에 상여를 올려놓았고 큰절을 했다. 장작더미에 기름을 부은 후 불을 붙이자 '타닥타닥' 장작이 타는 소리와 함께 불길이 맹렬한 기세로 타올랐다. 주위가 훤할 정도다.

갠지스 강 ‘임시 화장터’였다. 죽은 시체를 사람들이 보는 강가에서 아무런 보호막 없이 저렇게 화장하면 망자에 대한 불경이 아닌가 하여 찜찜하면서도 섬뜩한 생각이 들었다. 머리가 쭈뼛하여 그 광경을 보지 않고 피하고 싶은 마음이 강하게 일어났다. 그러나 이 기회를 놓치면 영영 이 광경을 다시 볼 수 없을 것 같아 역겨운 마음을 간신히 억누르고 호기심으로 화장터와 더 가깝게 다가가려고 뱃머리를 강변 방향으로 들여 넣었다.

그런데 갑자기 현지인들이 큰 소리를 지르며 때릴 것 같은 기세로 긴 지팡이로 배를 밀어냈다. 외부사람이 화장장에 접근하는 것은 망자에게 불경이라고 믿는 것 같았다. 할 수 없이 100여 미터 떨어진 곳에서 화장하는 장면을 보았다. 한 망자의 시체를 장작불로 화장을 한다. 화장이 끝나면 순번대로 대기하던 다른 시체를 그곳에서 화장한다. 매일 밤 새벽이 될 때까지 계속 시체를 태운다 하였다.

화장한 후에는 유골을 정성스럽게 모아 강에 뿌린다. 장례는 그렇게 끝난다. 이렇게 화장해야 망자가 극락 간다고 믿기 때문이리라.

갠지스 강가의 임시화장장이 몇 개 되지 않아 돈 있고 힘 있는 사람이 아니고는 그곳에서 화장을 할 수조차 없다고 한다. 일반 서민들은 이 강에서 화장하여 유골을 강에 뿌리는 것 자체가 하늘에서 별 따기여서 가난한 서민은 마을 근처 강변에서 화장하고 그 강에 유골을 뿌리고 있어 저승 가는 길도 빈부의 격차가 있었다.

화장장 뒤쪽에 작은 야산만한 언덕이 길게 자리 잡고 있었다. 언덕 중턱에는 오피스텔처럼 보이는 건물에 수백 개 넘는 방이 다닥다닥 붙어 있었다. 언뜻 벌집처럼 보였다. 벽은 낡았고 비탈이 심한 곳이라 곧 무너질 것 같이 위태롭고 각 방 칸칸이 너무 좁아 아주 열악한 환경이었다. 아프리카의 난민이 거주하는 판잣집 같았다.

'저곳에 왜 저런 지저분한 방이 있지?' 가이드를 쳐다보며 눈으로 물었다.

"저 벌집에 거주하는 사람은 죽음이 임박한 사람들로 그곳에 기거하다 죽음을 맞이합니다. 그리고 강변 임시화장장에서 화장하고 유골을 강에 뿌립니다. 그러니 그 방에 입주하는 것은 극락 가는 직행버스 티켓이며 인도에서는 '최고의 행복한 사람'이라 치부합니다."

열악한 벌집이 생의 마지막을 장식하는 초호화판 호스피스였다. 인도는 현생의 행복보다 다음 생의 행복을 바라보며 살고 있어보였다.

벌집을 바라보니 을씨년스럽고 삭막한 기운이 느껴졌다. 어두운 저녁이고 시체 태우는 것을 생각해서인지 벌집 주위에 하얀 유령들이 훨훨 날아다니는 것 같은 착각으로 오싹한 느낌이 들었다. 이곳에서 생을 마감하는 것은 미개한 사람들이라고 치부하고 싶었다. 죽음을 맞이하는 부모를 성지에 들여보내기 위해 최선을 다해야 효자라는 소리를 듣는다 한다. 저승 가는 노자 돈 때문에 남은 유족들이 수년간 피땀 흘릴 생각을 하니 어이가 없었다. 화장 장면과 유골을 강에 뿌리는 것을 보자 이 강의 색깔이 우중충한 것은 그 많은 사연들을 뒤로 하고 저 세상으로 가는 사람들의 업이나 흔적들을 전부 씻겨 깨끗이 해 줘 다음 생은 새롭게 깨끗하게 해 주는 대가가 아닌가 하는 생각이 들었다.

인도는 고대부터 현대까지, 사람과 동물이 모두 뒤섞여 살아간다. 부처님이 태어나고 열반한 곳이고 죽음을 생과의 단절이나 공포가 아니라 이생에서 다음 생으로 건너가는 뗏목이라는 인식을 가지고 죽음을 정의하며, 다음 생을 생각해 욕심을 버리고 자연에 순응에 살아가는 모습을 보면서 인생의 의미를 다시 되새겼다.

　세상에 존재하는 모든 인간들이 태어나면 누구도 예외 없이 죽는다. 죽음 후에 대하여 인간의 머리로는 알 수 없는 미지의 상태이니 죽음을 맞이하는 모습이 각각 달랐다. 이왕 죽음은 누구도 비켜갈 수 없다면 현재를 행복하게 사는 것이 최선이 아닐까. 인도 여행 중에 얻은 깨달음이다.

어느 노모의 통곡

"사장님, 제 딸을 찾아 주세요."

등에 배낭을 메고 지팡이를 짚고 허리가 구부정한 할머니가 사무실 문을 열고 들어오며 하는 말이다.

"왜요? 따님이 가출했나요?"

고개를 흔든다. 그녀의 얼굴을 바라보니 나이는 80이 넘어 보였다. 얼굴의 굵은 주름살이 세파에 시달리며 살아온 여정이 눈에 선했으며, 고집스럽고 억척스러워 보였다.

"내가 억울해서 그라요."

"그래요? 그럼 한번 그간 사정이나 말씀해 보세요. 그래야 해결책이 나올 것 같으니까요."

노인은 소파에 기대앉으며 '휴' 하고 한숨을 쉰다. 노인의 눈에

서는 절망의 그늘이 스멀스멀 배어 나오는 것 같았다. 그녀의 이
야기는 이어졌다.

"어린 나이에 결혼하여, 슬하에 딸 셋을 두었어요. 그러나 남편
이 다른 여자와 눈이 맞아 처자식을 버리고 나가버렸어요."

그 어려운 시기에 여자 혼자 딸 셋을 키우는 것이 얼마나 힘든
일인지는 보지 않아도 알 만한다. 노인은 병아리 같은 자식들을
두고 나가버릴 수가 없어, 자신의 자식들이니 애들을 위해 나머지
인생을 살아야겠다고 생각해 생활전선에 뛰어 들어, 닥치는 대로
일을 하였다. 풍족하지는 못해도 억척스럽게 사는 바람에 애들
밥은 굶기지 않았다. 대학을 보내지 못했어도 고등학교 이상은
전부 보냈다고 한다.

억척스럽게 돈을 모아 시내 모텔을 매수했다. 혼기가 되어 첫째
와 둘째 딸은 결혼했다. 막내만 데리고 모텔을 운영하였다. 그때
부터 어느 정도 몸도 편하고, 생활고에서 벗어나 인간다운 생활을
하며 노후를 걱정하지 않아도 되었다.

막내가 문제였다. 처음에는 억척스럽게 열심히 일을 했다. 모
텔을 매수할 때 대출을 받았으므로 대출금을 갚아야 했다. 딸과는
사이가 좋지 않았다. 성격이 비슷하니 사사건건 부딪쳤다. 자기
는 어렵게 살아온 탓으로 절약정신이 몸에 배었으나, 막내는 그것

이 항상 불만이었다. 노인은 초등학교 중퇴이고 배운 것이 없었다. 돈을 한번 손에 쥐면 내놓을 줄을 몰랐다. 막내는 전문대학을 다녔고 가난한 생활에 진절머리가 난 사람이다.

"엄마, 이제 우리도 좀 쓰면서 누리면서 살자, 응? 돈을 모아 죽을 때 가져 갈 것도 아니잖아. 엄마는 지금부터 돈을 써도 얼마 못써. 세월이 기다려 주지 않아."

할머니는 그 말이 가소로웠다.

"이만큼 살게 된 것이 불과 몇 년인데, 벌써 배부른 소리를 하느냐?"

막내는 항상 불만을 가지고 엇나가기 시작했다. '그래도 내가 모든 것을 쥐고 있으니 지가 마음대로 할 수 없을 걸' 생각했다. 육체적으로는 여유로운 생활이 지속되었다. 막내는 항상 불만스러운 얼굴이나 잘 지내고 있었다. '저 애는 내 자식이다. 고생도 많이 했으니 재산은 막내에게 상속해주겠다.' 마음먹고 있었다. 그 이야기를 하면 나태해질 것만 같아 입은 꼭 다물고 있었다.

작년 연말이었다. 30대 후반인 막내가 집에서 가출하였다. 처음에는 기분 전환하려 여행을 갔나 하는 생각이었다. 한 달이 지나도 나타나지 않았다. 전화도 해 보고 이리저리 수소문을 해 봐도 연락이 닿지 않았다. '때가 되면 돌아오겠지' 하고 기다렸다.

불길한 소문이 돌았다. 모텔을 막내에게 주었냐고 인근에 있는 김 씨가 물어왔다.

"아니 아직은 주지 않았어. 나이가 먹어 일하기 힘들면 막내에게 줄려고 해."

"그래?"

하면서 미심적은 눈빛으로 가버리는 것이었다. 말도 되지 않는 소문이라고 생각하였으나 불길한 생각이 들었다. '지금 막내가 가출하였고 연락이 되지도 않고 있고 소문이 이상하다. 분명 내가 모르는 일이 벌어졌나보다.'고 생각이 미치자 가슴이 덜컥하는 느낌이 들었다. 무슨 일이 발생하였는지 감이 잡히지 않았다. 모텔이 걱정되었다. 옆 사무실에 부탁해 모텔의 등기부등본을 발급받아 보았다.

"아! 이런 일이?"

할머니는 자신의 눈을 의심했다. 모텔이 막내의 명의로 바뀐 것이다. 어떻게 그럴 수가 있나 하고, 내가 관리하는 인감도장과 장부 은행통장 그리고 금고를 전부 찾아보았다. 금고에 돈은 없고 내 명의의 통장에는 잔고가 몇 만 원 밖에 남아있지 않았다. 정말 하늘이 무너졌다. 하늘이 노랗게 변했고 분노가 머리 위로 솟구쳤다. 미친 듯이 막내가 갈 만한 곳을 찾아보았으나 소식이 없었다.

그동안 소원하게 지내던 두 딸에게 전화했다.

"막내 어디 갔니?"

"몰라요."

두 딸들의 대답이 그렇게 냉담할 수 없었다. '애들이 왜 이러지? 내가 뭘 잘못 했나' 하고 짜증이 나 딸들에게 "꽥" 하고 소리를 질렀다. 큰애가 대답했다.

"엄마는 아무리 막내가 예뻐도 그렇지 모텔을 비롯한 모든 재산을 막내에게만 주고 우리는 주워온 자식인가요? 엄마는 해도 너무해. 앞으로는 막내하고 잘 살아. 주워온 자식인 나에게 연락도 하지 마."

전화를 확 끊었다. 둘째 딸에게도 거의 같은 대답이 돌아왔다. 하늘이 무너지는 것 같았다. 다른 딸들은 시집가 잘 살고 있으려니 하여 신경을 쓰지 않았다. 항상 몸이 아파 다른 곳에 신경 쓰지 않아 그간 사정을 잘 몰랐다. 막내가 가출하기 전, 모텔을 자기에게 물려주었다고 이야기하고 다녔던 것이다. 그러니 언니들이 기분이 좋을 리가 없어 단절한 것이다.

"그럼 마음대로 인감을 사용하여 모텔 명의를 옮겼으니 막내딸을 고소하세요. 그럼 처벌도 받게 하고 되돌려 받을 수도 있어요."

그녀의 얼굴에는 깊은 절망이 뒤덮었다.

"그래도 내가 낳고 키운 자식인데 어떻게 교도소에 보내요. 그건 안돼요. 단지 그 모텔을 돌려받고 언니들에게 증여를 하지 않았다는 말만 해주면 돼요."

"그럼 어디 살고 있거나 뭐 하고 있는지 알아요?"

근처에 살고 있고 유치원을 운영하고 있다고 하였다. 찾아 가 보았으나, 만나주지 않고. 얼마 지나면 다른 곳으로 이사 가버린다고 한다. 전화도 안 받고 문도 열어주지 않는단다. 소송을 하려고 집 주소를 알아보려 하였으나 문패가 없어 주소를 알 수 없다고 한다.

"내가 전화를 하면 안 받으니 대신 전화해서 주소를 알아 봐 주세요."

내키지는 않지만 그 전화번호로 전화를 했다

"여보세요. 유치원이죠? 그 위치 좀 알려 주세요. 손자 때문에 가 보려고요."

처음에는 상냥하게 국민은행 근처이니 그곳에 와서 전화하라고 하였다. 정확한 위치와 주소를 알려 달라고 하였다. 뭔가 이상한 듯 한참동안 아무 말도 하지 않더니, 손자가 누구냐, 어디가 집이냐, 이 전화는 어떻게 알았느냐고 속사포 쏘듯 물었다. 대충 생각나는 대로 대답하였으나 전화를 끊어 버렸다. 다시 전화를 해도 받지 않았다. 나를 쳐다보는 그녀의 눈에서는 눈물이 고였다.

"다음에 또 올 게요."

나가는 할머니의 어깨에는 천근만근의 바위에 눌려져 있는 것 같았고, 굽어진 허리가 더 굽어져 바닥까지 닿는 느낌에 눈을 다른 곳으로 돌리고 말았다.

떠날 때는 소풍가듯이

'띠리리링 띠리리링'

새벽 4시경인데 벨이 요란하게 울렸다. 삼라만상이 모두 잠든 시각이었다. 이 시간이면 술 취한 취객이 전화를 잘못 걸었거나 어머님의 전화다. 집 전화번호는 가족들을 제외하고 아는 사람이 거의 없다. 이런 꼭두새벽의 전화이면 더 말할 필요가 없다. 잠이 덜 깬 눈으로 발신번호도 확인하지 않은 채 전화기를 들었다.

"여보세요."

잠에 취한 낮게 흘러나오는 목소리에 짜증이 배어 나왔다.

"아범아 나여, 내가 아무래도 너무 아파서 죽게 생겼다. 도저히 잠을 잘 수 없으니 일찍 병원에 가야될 것 같아 전화했다. 내가 죽더라도 왜 죽는 것인지 알아야 눈을 감을 것 아니냐?"

갑작스럽고 날벼락 같은 어머니의 목소리에 잠이 확 달아났다.
깜짝 놀라 당황한 목소리로

"어머니 왜요? 어디가 아파요?"

다급하게 물어보았다.

"몸이 아파 밤새 한숨도 못 잤다. 지금 병원에 데리고 갈 수 있
냐?"

말씀하신다. 이렇게 이른 새벽에는 응급실 말고는 진료의사가 출
근하지 않는다. 가 봤자 도움이 되지 않는다.

"어머니, 지금 가도 전문의는 없으니 아침까지 기다렸다가 의
사가 출근하는 시간에 맞추어 병원에 가시는 것이 어때요?"

넌지시 여쭈어 보았다.

어머니는 80대 중반으로 시골에서 농사를 짓고 사셨다. 몇 년
전 용담댐 공사가 시작되어 고향 마을이 수몰되었다. 농토를 보상
받아 큰아들 곁에 사신다고 분당 가까운 곳으로 이사 오셨다. 오
랫동안 농사일을 해온 관계로 온몸이 종합병원일 정도로 고혈압
과 관절염 등으로 하루가 멀다고 병원에 다니셨다. 며칠 전부터
손목이 아파 움직일 수 없어 진찰해 보았더니 '손목터널증후군'으
로 진단되었다. 이 병은 통증이 아주 심하여 견디기가 어려워 수
술하기 위해 수술 날짜까지 예약을 했다.

통증에 약한 어머니는 손목이 너무 아파하시며 겁을 냈다. 통증은 견디지 못할 만큼 심하니 아무래도 단순히 손만 아픈 것이 아니라, 이제 죽을 때가 되어 손목을 비롯하여 몸뚱이가 전부 아픈 것인가 불안한 생각이 꼬리를 물었다. 고통으로 잠을 못 이루지 못하면서 단순히 손목 통증으로 아픈 것이 침소봉대되어 이번에는 정말 죽는구나 하는 공포가 엄습한 것 같았다.

어머니를 안심시키기 위해 부랴부랴 어머니 집으로 갔다. 집에 들어서니 어머니는 병원에 가기 위해 옷 입고 소파에 앉아 계셨다.

거실로 들어서며 어머니를 보는 순간 등에서 전율이 흐르며 소름이 돋는 것을 느꼈다. 어머니의 얼굴은 사색이 되어있었다. 죽음에 대한 공포인지 통증이 너무 심해서인지 동공이 초점을 잃고 있었으며 혼이 반쯤 나간 것 같은 얼굴이었다. 계속 몸을 떨면서 거실을 왔다갔다 하며 안절부절 못하고 계셨다. 아들 내외가 집에 왔는데도 모르는 듯 축 늘어진 어깨는 천근만근 무거워 보였다. 어머니의 공포에 잠긴 모습은 처음 보는 것 같았다. 마음이 쓰라렸다. 이렇게 되도록 전혀 모르고 있었다니, 자괴감이 들었다. 큰아들을 의지한다며 집 가까이 이사까지 왔는데….

연세가 80대 중반이면 이승을 떠난다 해도 호상이라며 천수를 누렸다고 할 수 있다. 죽음에 대하여 생각도 해 보고 이를 받아들

일 것으로 생각했는데, 저렇게 죽음이 공포스러울까. 평소 빨리
죽어야 한다는 넋두리를 많이 들었으므로 돌아가실 때 자연스럽
게 맞이할 것으로 생각했다. 얼굴이 새파랗게 질려있는 것을 보니
어찌할 바를 몰랐다. 나도 막상 죽음에 직면한다면 담담히 받아들
일 수 있을까. 마음을 진정시키며 날 새기를 기다려 조금 이른
시각에 평소 다니시던 '분당 차병원'으로 갔다. 너무 고통스러운
나머지 수술일정을 조정하여 그날 오전에 수술했다.

　세상은 생명체와 무생명체 등 많은 요소로 구성되어 있다. 무생
명체도 마찬가지지만 특히 생명체는 수명이 정해져 있다. 수명이
다하면 이 세상을 떠나게 되어 있다. 모든 사람들이 태어나 자라
고 시간이 흘러 늙고 병들고 결국은 죽게 된다는 것은 알고 있다.
인생 선배들이 그렇게 살아왔고, 주위에서 법칙은 예외 없이 적용
되고 있는 것을 보고 알고 있음에도, 정작 자기는 언젠가는 죽을
것이지만 아직은 아닐 것으로 막연히 생각하고 있다. 남들은 자연
법칙 대로 때가 되면 떠난다고 하면서도, 이렇게 빨리 세상을 떠
날 것이란 걸 인정 못하고 자꾸 쓸데없는 욕심에만 눈이 어두워,
얼마 남지 않는 여생을 엉뚱하게 낭비하며 보낸다. 어떤 선지자의
말, 죽음은 바로 문지방 밖에서 기다리고 있다고 하는데도 다만
그 사실을 당사자만 모르고 있다고 한다.

단가 '사철가'에도 인생은 백 년을 산다고 해도 병든 날과 잠든 날 걱정 근심 다 제하면 단 사십도 못 살 인생이라고 했다. 노래를 배우면서 정말 딱 맞는 말이라며 손뼉까지 쳤었는데….

죽음 이후를 모르기에 막연한 두려움에 떨고 있는 사람들을 보며 나도 죽음에 직면하면 어떻게 될까 생각을 해 본다. 우리는 태어나면서 죽음을 향해 가는 마라토너라고 한다. 본인은 모르나 정해져 있는 끝점을 향해 쉬지 않고 달려가는데 예외가 있을 수는 없다. 누구나 뛰어가야 하는 운명으로 죽음을 마주할 때, 어떻게 하면 웃으며 맞을 수 있을지에 대하여 많은 학자나 종교인들이 연구하고 수행한다.

어떤 이는 죽음을 초월하였다고 하나, 막상 죽음을 마주할 때 두려움에 떨며 평소 초월했다는 것이 소용이 없음을 보여주는 사람도 있다. 그만큼 우리는 죽음과 같이 불확실한 미래가 두렵다.

누구나 마주해야 할 대상이라면 소풍가듯이 대할 수 있으면 어떨까. 많은 사람들이 이치에 공감하면서 실행할 수 있을지는 미지수다. 그 길이 어려워도 가다보면 언젠가는 소풍가듯이 즐거운 마음으로 떠날 수 있게 될 수 있지 아니할까?

'떠날 때는 말없이'보다는, '떠날 때는 소풍 가듯이'로 바꾸면 어떨지.

chapter

03

가
수
의
꿈

가수의 꿈

"쫙."

눈에 불똥이 튀고 뺨이 얼얼하였다. 아버지는 세상물정 모르고 고집부리는 아들을 설득하다가 되지 않자 뺨을 때린 것이다.

아버지가 내 뺨을 때린 것은 생애에서 처음이자 마지막이었다.

농사짓던 우리 집은 할머니, 아버지를 비롯하여 10여 명의 대가족이었으며 내가 맏아들이다. 그때 우리 집은 나를 대학에 보내기에는 빠듯한 형편이었다. 대학에 보낸다고 해도 집에서 등하교할 수 있고, 학비가 비교적 저렴한 지방 국립대학 정도나 보낼 수 있는 어려운 형편이었다. 그럼에도 내가 서울에 있는 사립 대학교 입시원서를 가져와서 고집을 피우고 있었다.

아버지는 그런 철없는 아들이 한심하고 화가 났다. 사실 나는 서울에 있는 좋은 대학을 가는 것이 목적이 아니었다. 노래 부르기를 좋아했던 때였다. 서울로 가야 가수가 될 수 있다는 생각이 뇌리에 꽉 차 있었다. 그때 아버지가 이러한 내 속마음을 알았으면 쫓겨났을 것이다. 자립할 능력은 고사하고 등록금 낼 돈이 없었다.

울며 겨자 먹기로 아버지가 원하는 지방 국립대학에 입학했다. 공부는 관심 밖이었다. 친구들과 꿈과 희망을 토론하며 이리저리 방황 하였다. 방송국에서 제1회 대학가요제가 개최한다는 광고를 보았다. 노래에 대한 미련을 버리지 못한 나는 '이 기회가 나에게 희망일 수 있다'는 생각을 했다. 대학가요제에 참여하기 위해 자작곡을 만들었다. 멜로디와 가사를 만들었으나 음악 수준이 낮아, 편곡해 줄 사람을 만나지 못했다. 반주도 붙이지 못하였다. 이리저리 뛰어 다니며 부탁해 보았으나 도와줄 사람을 구하지 못했다. 시작도 못해보고 내가 만든 노래는 책상서랍 깊은 곳에 처박혔다.

대학 졸업 후 입대하여 논산훈련소에서 신병교육을 받았다. 신병훈련 생활은 고난의 연속이었다. 단체생활에 적응을 못하는 성격이라 힘든 순간을 겨우겨우 버티고 있었다. 그 상황을 잊기 위해 혼자 흥얼거리며 노래를 불렀다. 그것을 옆에서 지켜보던 지옥의 빨간 모자 교관이

"야! 훈련병 일어나 노래 한 발 장전!"

하늘같은 교관의 명령을 감히 어길 수가 없어 18번인 〈조약돌〉
이라는 노래를 엉겁결에 불렀다.

"앙~콜!"

의외로 훈련병들이 외치며 환호하였다. 내 노래가 좋나? 하는
자존감이 생기기도 하였다. 그 후 훈련 중에 틈만 나면 노래를
시켜 훈련소 신병 가수로 유명했다. '내가 정말 노래를 잘하나?'
하는 망상에 빠지기도 했다.

대학을 졸업 후 직장을 옮겨 다니다가, 아버지가 늘 원하는 공
무원이 되어 서울 생활이 시작되었다. 생활에 바쁘니 가수의 꿈은
신기하게도 잊고 있었다. 가끔 동료들과 스탠드바에서 술 마실
때, 야유회 때 부르는 경우 외에는 노래에 대한 생각은 머리에서
지워져 있었다.

승진하여 지방에 전보되어 근무할 때도, 노래는 아니지만 음악
과 관련된 색소폰 · 대금 · 민요 · 판소리를 배우는 것이 취미 생활
의 전부였다.

어느 날 후배가 "지금 나 음반 제작하고 있어요. 한번 해 볼 의
향이 있으면 소개를 해줄까요?" 제안을 하였다.

나는 60이 넘은 지금 판소리 배우는 중인데 대중가요 음반은
생각을 하지 않았다. 막상 가수가 된다고 하여도 이 나이에 구박

받으며 배우는 것도 싫었고. 비용도 생각보다 만만치 않았다. 연예계의 떠돌이가 되는 것도, 소란스러운 분위기가 싫었다. 처음에는 시큰둥하였으나 시간이 지나면서 음악앨범이 자꾸 눈앞에 어른거렸다. 깊은 곳에 노래에 대한 열망이 꼭꼭 숨어 있다 꿈틀거렸던 것 같았다.

후배의 제의를 받아들이기로 했다. 며칠 후 작가를 만나 곡을 받았다. 2곡을 골라 연습했다. 생각처럼 되지 않아 애를 먹었다. 작가에게 야단맞을 때마다 "내 돈 들이고 시간 들이고 이 나이에 이게 무슨 짓이람." 투덜댔다. 시작한 것이니 끝을 보자는 마음이 생겨. 열심히 연습하였다. 가수는 대중 앞에서 주눅이 들면 안 된다며 배짱이 두둑해지기 위해 행사에 나가라고 하여 무대에도 섰다.

공연에 출연하고 내 노래가 있음에도 음반 제작이 자꾸 미뤄졌다. 채근을 하였으나 미덥지가 않았던지 창법이 성숙해지면 하자고 했다. 잇몸에 가시가 낀 것처럼 찜찜했다. 제작을 마친 동료들은 녹음이 어렵다고 겁을 주었다. 맞아야 할 매이면 빨리 맞는게 낫다는 생각에 자꾸 작가를 졸라 음반 녹음을 하였다. 보통의 경우 4일 정도 녹음실에서 연습한 후 정식 녹음한다고 하나, 시일이 늦어져 첫날에 녹음을 전부 마쳤다. 연습을 더 했으면 하는 아쉬움이 들었으나 작가가 녹음이 잘 되었다고 하였다. 또한 더 연습해도 잘할 수 있는 자신도 없었다.

조마조마한 마음으로 음반 출시되기만 기다렸다. 일각이 여삼추 같았다. 드디어 음반이 배달되어 왔는데 8박스나 되었다. '어떻게 나왔을까'하는 기대감으로 우선 음반 1개를 꺼내 노래를 들어 보았다. 기대만큼은 아니었으나 내 이름의 곡이 있는 가수가 되었다는 것이 좋았다. 잘 해야 하는데 라는 불안한 스트레스에서 벗어났다.

옆 동료가 "처음하면 전부 다 만족하지는 않아."하면서 축하해 주었다.

한편은 해방감으로 또 한편은 매끄럽지 못한 부분은 아쉬웠다. 어릴 때부터 하고 싶었던 일 중의 하나를 완수했다. 가수로 등록도 하였다. 꿈을 가지고 있어도 누구나 도전하는 것은 아니다. 실력은 부족하지만 실제로 도전했고 그 일을 이루었다는 자존감도 생겼다. 고생해서 나온 음반이니 가능한 많은 사람들에게 사랑받았으면 하는 생각이다. 작가가 메들리음반도 출시하는 것이 좋다 하여 제 2집도 제작했다. 이번 음반 타이틀곡은 40년 전 대학 재학 중 대학가요제에 출전하려 만들었다가 서랍 속에 버렸던 〈그리움〉이라는 노래다.

40년이 흐른 지금, 빛을 볼 수 있을까?

사막의 어른 미아

LA에서 라스베이거스로 미끄러지듯이 달리는 리무진버스 차창 밖에 사막 풍경이 스쳐가고 있었다. 널따란 모래밭과 듬성듬성 자란 회색 빛깔의 앙상한 사막의 나무가 을씨년스럽게 옆으로 빠르게 지나가고 있었다.

아들과 단둘이 미국 서부 여행을 시작한 지 벌써 6-7일이 지나가고 있었다. 딸은 출가하고, 아들도 취직 후 내 품을 곧 떠날 터이니 같이 여행을 하기로 한 것이다. 일정은 10일로 정했다. 평소에 라스베이거스 도박장에서 도박에 도전해 돈을 전부 쓸어오기로 아들과 의기투합하였으므로 자연스레 미국 서부로 온 것이다.

그동안 초라한 영어실력 때문에 가이드가 이끄는 단체 여행만

하고, 배낭여행은 언감생심 꿈도 못 꾸고 시도조차 하지 못했다. 아들의 기고만장한 장담으로 도전해 보기로 하였지만 처음 해보는 배낭여행이라 걱정이 되었다.

처음에는 아들 뒤만 졸졸 따라다녔다. 외국여행 중, 길을 잃어 국제 미아가 되면 어쩌나 하는 생각으로 4-5일은 미아가 안 되려고 현지에 도착하면 우선 호텔의 명함부터 챙겼다.

사람은 믿을 게 못된다. 일정 중 절반을 넘어가면서 슬슬 배포가 커지면서 뒤를 따라다니는 것이 지루했다.

우선 호텔을 중심으로 혼자 버스나 도보로 몇 킬로미터 정도를 타고 갔다 오니 그 또한 재미가 쏠쏠하였다. '그래도 토막영어정도는 되는데 설마 이 나이에 미아가 되겠나.' 하는 뱃심도 생기고 이제 혼자도 잘할 수 있을 것이라는 생각이 뇌리를 점령했다.

스스로 분수를 모르면 큰코다친다는 속담이 현실로 다가왔다.

LA호텔에서 버스를 타고 몇 시간 정도 떨어진 한적한 '개티센터'에서 미술품 전시행사가 있었다. 그곳은 대학캠퍼스 같은 5-6층 되는 빌딩이 밀집되어 있었고, 중앙에 있는 박물관 빌딩을 중심으로 하는 행사여서 관람객이 북적거렸다.

처음에는 아들과 붙어 다녔다. 시간이 지나면서 가시거리 안에만 있으면 된다는 생각으로 혼자 슬슬 돌아다녔다. 그렇다고 아직

완전히 혼자 다닐 정도의 배짱은 되지 않아, 같은 층에 있을 때, 혼자 이쪽저쪽에 다니다 복도로 나와 기다리다 같이 다른 층으로 옮겨 다니곤 하였다.

그러다가 나는 더욱 겁이 없어졌다. 잠깐이면 괜찮겠지 라는 생각에 아들에게 말하지 않고 끝 방의 조각품만 잠시 보고 오려는 생각이었으나 조각품이 너무 정교하고 아름다워 구경하느라 시간 가는 줄 몰랐다. 돌아가야겠다고 생각이 들었을 때는 이미 많은 시간이 흘러버렸다.

복도에 나와 둘러보니 당연히 기다릴 것이라고 기대했던 아들이 보이지 않았다. 그래도 근처에 있겠지 하면서 이리저리 찾아 그 층을 돌며 찾았으나 보이지 않았다. 이제는 범위를 확대해 지하부터 6층까지 계단으로 오르내리면서 찾았다. 어디에도 아들이 보이지 않았다.

'설마 못 만나기야 하겠어?' 했던 마음이, 갑자기 무서운 생각이 엄습하였다. 갑자기 등골이 오싹하는 느낌이 맴돌았다. 주위를 둘러보았다. 발에 걸리적거리던 동양인들조차 보이지 않았다. 낯선 흑인과 백인들의 얼굴만 눈에 들어왔다. 다급한 마음에 계단을 위에서 아래도 뛰어 내리고 다시 올라가며 아들을 찾았다. 각 방마다 돌아다니며 찾았다. 아들에게 문자를 보냈다. 그래도 불안하여 휴대폰 전화를 시도하였으나 통화가 되지 않았다.

나도 모르게 자꾸 최악의 경우로 생각이 기울었다. '이러다가 사막에서 미아되는 것 아냐?' 얼굴이 하얗게 변해가는 것을 느꼈다. 등에서는 식은땀이 흘렀고 머리와 얼굴에서 땀이 빗줄기처럼 흘렀다. 언어소통이 잘 되지 않는 그곳에서 미아가 되었다고 생각하니 창피하고 막막하였다. 1시간여가 흐르도록 빌딩 안팎을 돌아다녔으나 아들을 찾을 수가 없었다. 다리가 후들거리고 힘이 빠져 더 이상 걷기도 힘들었다. 다리 난간에 힘없이 걸터앉아 후회하고 있었다. '시건방을 떨다 이게 무슨 꼴이람. 그래도 문자 보냈으니 보았겠지.' 어깨는 늘어지고 동공은 허공을 맴돌고 있었다.

눈을 들어 건물 쪽을 보는데 아들 얼굴이 하얗게 되어 땀을 뻘뻘 흘리며 이쪽으로 뛰어오는 것이 보였다. 그동안의 모든 걱정이 한 순간에 날아갔다. 지금까지 살면서 아들이 그렇게 반가운 적이 없었다. 그렇게 반가우면서도 만나자마자 화부터 냈다.

"왜 문자도 없고 전화를 받지 않느냐?"

"문자나 전화는 오지 않았어요. 휴대폰 칩을 별도로 구입하여 사용하고 있어 내 전화번호로는 통화가 되지 않아요."

'그래도 한 가닥 희망이 휴대폰 문자였는데….'라며 나는 가슴을 쓸어내렸다.

자라보고 놀란 가슴 솥뚜껑보고 놀란다고 그 후로는 얌전한 모범생으로 나머지 일정을 마무리했다. 평소 배짱이 좋다고 생각했는데 빌딩 숲에서 1시간여의 미아 체험으로 그 좋다던 배짱은 전부 쓰레기통에 처박히고 아주 착실한 샌님으로 변모한 것이다.

항상 어리고 미덥지 않았던 아들이, 처지가 바뀌어 여기서는 도리어 나의 보호자가 되었으니 든든한 마음도 들었다.

'아들아 고맙다. 같이 여행 가줘서 고맙고, 이렇게 잘 커줘서 고맙고, 아빠를 사막의 어른 미아에서 구해줘서 고맙다. 앞으로도 남은 인생을 좀 더 넓은 세상에 마음껏 웃으면서 살아가기를 바란다.'

귀국하여 아내가 아들에게 여행 소감을 물어보자

"그동안 아빠가 모든 일을 처리하여 만능이라 생각했어요. 그런데 미국에서는 정반대였어요. 영어도 잘 못하면서도 호기심으로 아무에게 말을 걸어놓고 그 뒷감당을 못하고 쩔쩔매는 것을 여러 번 봤어요. 한편으로는 기분이 묘하지만 한편으로는 내가 훨씬 잘하는 것이 있어 굉장히 기분이 좋았어요.

게다가 라스베이거스의 전시장에서 아빠가 미아가 될 뻔 했잖아요. 제가 아니었으면 머나먼 그곳에서 지금도 제 이름을 부르며 울고 있을지 누가 알아요?"

아들의 놀리는 말에 가족들이 까르르르 웃어댔다. 그 상쾌한
웃음소리가 창문 밖으로 퍼져가며 나비처럼 주위를 맴돌았다.

선배와 아빠 차이

"아빠, 드릴 말씀이 있습니다. 회사 그만 두겠습니다."

얼마 전 아내가 지나가는 말로 아들이 회사에 사표를 내려고 한다는 말을 들었으나, 젊은 사람이 사회생활에 적응하는 과정에서 흔히 한번쯤 해 보는 투정이려니 가볍게 넘겼다. 그런데 아들의 갑작스러운 사직 통보에 할 말을 잃었다.

남매를 키우며 딸아이는 야무지게 제 할 일을 찾아 잘하다 보니 별로 신경을 쓰지 않았다. 그런데 아들은 영리하나 생각이 고지식하고 고집을 한번 부리면 타협이 없었다. 막내라서 그런지 항상 마음이 놓이지 않았다. 융통성이 없는 성격으로 사회생활을 잘해 낼 수 있을까 하는 우려를 가지고 있었다. 그런데 원하는 대학에 입학하고 졸업하기 전에 대기업에 취직까지 한 아들을 대견해 하고 있었고, 비로소 아들에 대한 걱정에서 해방되었다.

요즈음 젊은이들은 단체생활이나 규칙적인 생활에 적응을 잘 못하듯, 아들도 생활 방식이 자유분방했다. 군 생활에 적응 못해 많은 고생을 하였던 기억이 있는지라 불안감이 밀려왔다.

"지금처럼 취직하기 어려운 때, 좋은 직장에 입사하여 원하던 생활을 누리고 있는 것 아니냐? 그만두면 그러한 좋은 직장에 다시 취직은 못한다. 안정되고 대우받는 것을 포기하는 것이 옳은 결정이 아닌 것 같다."

"저도 많은 고민을 했어요. 이곳에서는 제가 할 일이 없어요. 제가 하고 싶은 일을 하고 싶어요."

'이놈아 속편한 소리는 하지 마라. 세상이 그렇게 만만하거나 먹고 살기 쉬운 줄 아느냐. 많은 사람들이 힘들고 아니꼬워도 직장을 붙들고 사는 것이 능력이 없어서가 아니라 이 세상 살아가는 것이 만만하지가 않아서이다. 이렇게 철이 없어서 이 험한 세상을 어떻게 살아 가냐?'

속으로 내가 아들에게 퍼부은 말이다.

어느 부모가 인생길 중 쉬운 길을 두고 어려운 길을 택해 가라고 하겠는가? 스스로 잘 말렸다고 위안했다. 더 생각을 해보겠다고 하며 아들이 한 발 물러섰다.

나는 베이비부머 세대다. 모든 것이 부족하고 어려운 시절이어서 먹고 사는 것이 최우선인 시대였다. 대기업에 입사 원서를 제출해 보았으나 서류전형에서 좌절되곤 했다. 어쩔 수 없어 공개경쟁시험인 국영기업체나 공무원 쪽으로 방향을 돌렸으며 몇 군데 직장을 전전하다가 공직에 정착을 하였다.

아들은 배고픈 걸 모른다. 남들은 취직이 어려워 사력을 다해 직업을 갖고자 노력하는데 학교 이름 덕인지 운이 좋은 것인지, 재학 중 취직이 되니 세상 물정 모르고 날뛰고 있다. '이 세상에 자기 마음이 들어 직장 생활하는 사람이 몇이나 될까.' 하는 생각이 들었으나 아들 입장에서 생각해 보았다.

'아빠가 아닌 옆에 있는 인생 선배라고 하면 어떤 결정을 하라고 조언했을까?' 되짚어 보았다.

다른 결정을 하라고 했을 것 같은 생각이 들었다. "우리는 너무 가난하여 입에 풀칠하는 것이 우선이었다. 직업을 택하며 적성에 맞고 잘할 수 있다는 것은 고려의 대상이 아니었다. 돈 많이 벌고 출세할 수 있는 곳이 최고였다. 너희들은 우리보다 훨씬 좋은 시절에 태어났다. 굶어죽을 염려는 없으니 한번 네가 해보고 싶은 것을 하면서 살아가는 것도 좋을 것이다. 지금 와서 생각해 보면, 하고 싶은 것을 포기하고 살아오니 가슴 한가운데 응어리가 있다.

그러니 과감히 벗어나 네 길을 찾아가라. 그래야 늙어 후회하지 않을 것이다." 그러나 이런 생각을 깊이 묻어버린다.

"네 성격에 맞지 않아도 참고 인내하면서 다녀야 한다. 철없는 것아. 그리고 꼭 하고 싶으면 투잡 하는 것이 어떠니?"

정말 아이러니하다. 똑 같은 상황에서 상대가 아들인 경우와 제3자의 경우에 따라 이중 잣대를 들이댔다. 표리부동이다. 아들은 남과 다른 기준을 가져야 한다고 생각하고 있는 나였다.

고집을 부리면 좀처럼 바꾸지 않는 성격인 아들은 재차 회사를 그만 두겠다 고집을 부렸다. 서로 협상을 하여

"나이가 어린 편이니 사표를 낸 후 2년 정도 하고 싶은 일을 해 보고, 그때까지 가시적인 성과가 없으면 다시 회사라도 취직하겠습니다. 조건이 나쁜 회사에 들어간다 해도 지금 해보지 않으면 평생 후회하며 살아갈 것 같아요."

아내와 함께 아들의 진로에 대해 이야기를 해 봤고, 주위 사람들과 상담도 해 봤다. 평소 머리를 베개에 대면 잠드는 성격임에도 아들에 대한 장래문제로 하루 저녁에 몇 번 성을 쌓고 부수느라 잠을 설쳤다. 자식 이기는 부모가 없다고, 결국은 아들이 회사에 사표를 냈다.

'세대 차이가 많은 내 잣대를 가지고 젊은이들의 미래를 재단하

는 것은 옳지 않다. 게다가 내가 말려도 결국은 자기 생각대로 할 것이다. 계속 갈등을 빚어 아들과 등 돌리는 최악의 사태를 초래하는 것은 악수다. 인생은 갈림길에서 선택해야 한다. 그때마다 간섭할 수 없는 것이 아닌가. 내가 낳고 키웠다고 하여도 결국은 내 인생이 아니고 아들 인생이 아닌가.' '그래 나도 최악의 사태는 막자. 그것이 현명하다.' 스스로 위안하며 받아들였다. 상당 기간 밤잠을 설친 결과다.

아들도 황야에 홀로 남겨진 느낌인지 스스로 열심히 일에 몰두하였다. 이왕 시작한 일인데….

"잘되어가고 있니?"

어쩌다 한번 묻는다. 아들이 스트레스를 받을까봐 관심을 두지 않는 듯 지켜보고 있다. 사직하기 전에는 새벽에 겨우 일어나 동동거리며 출근하고 녹초가 되어 퇴근하는 아들이, 요즘은 밤늦게까지 일하고 밝은 얼굴로 귀가한다. 아들에게 풍기는 웅지를 보면서 '그래 잘 한 거야. 암~먼.'

아들의 눈치를 곁눈으로 살핀다.

무대에 홀로 처음 서던 날

"첫 번째 초대가수입니다. 임성일님의 〈세월이 가면〉이라는 노래가 있겠습니다."

MC의 소개 후 반주가 나오고 무대 위로 성큼성큼 올라갔다. 무대 앞에 수백 개의 의자가 줄 맞추어 늘어서 있었고, 근처 가게에는 삼삼오오 모여 무대에 있는 가수를 보고 있었다. 경쾌한 반주가 울려 퍼지며 반주에 따라 노래가 울려 퍼졌다.

학창 시절부터 노래를 좋아했다. 노래를 잘하는 어머니와 외삼촌 옆에서 따라 불렀었다. 당시에 유행하는 대중가요는 거의 섭렵했고 야유회 가는 날이면 앞에 나가 노래 하느라 신이 났다. 나도 유명한 가수들처럼 무대에서 멋지게 노래를 해봤으면 하는 막연한 희망을 가지고 있었다.

공무원으로 직장생활을 시작하였다. 보수적인 직장 분위기로는 가수는 꿈도 꾸지 못했다. 근처 녹음실에서 대중가요를 녹음하기도 하고, 녹음한 곡으로 휴대폰 벨소리로 사용하는 정도로 만족했다. 어릴 때부터 말도 늦게 배우고 발음이 부정확하고 급한 성정으로 인해 말이 빠르고 서툴렀다. 특히 대중 앞에서 말하는 것을 꺼려하여 스트레스를 많이 받았다. 말을 교정하고자 시도하기도 하였으나 차일피일 미루다 기회를 날렸다. 대중 앞 연설이 힘들자, 좋아하는 노래로 대중 앞에 서기를 원했다. 그래서 노래를 많이 불렀으며 야유회나 노래방에 가면 마이크를 잡고 끝까지 놓지 않는 부류에 속하였다.

퇴직 후 후배의 제의로 앨범을 제작하면서 가수가 되었다. 그동안 대중가요는 많이 불러 보았으니 쉽게 배우고 부를 수 있다는 생각으로 시작하였다.

내 곡을 받고 보니 신기하여 열심히 연습했다. 평소 다른 가수 노래를 배울 때는 쉬웠는데 내 노래라는 마음으로 배우다보니 더 잘해야 한다는 생각이 앞서 생각보다 어려웠다. 연습하고 또 해도 막상 노래를 부르려면 프로 가수들처럼 매끄럽지 못했다.

노래 연습이 한창일 무렵 작가의 주문을 받았다.

"가수는 대중 앞에서 노래를 불러야 하는 직업이니 공개 공연에 출연해 보세요.”

　제의를 받고 나니 제법 의젓한 가수가 된 기분이 들었다. ‘공개 무대에 나가서 프로처럼 잘 부르면 그동안 꿈꿔왔던 기성가수가 된다.’는 생각에 마음이 들뜨고 우쭐해졌다. 한편으로 ‘이 정도의 미진한 실력으로 무대에 나갔다가 멋지게 못하면 어쩌지?’ 하는 걱정이 뒤섞여 마음이 심란하였다. 마음 저 밑에서는 아직도 대중 앞에서 말을 조리 있게 표현하지 못하는 심정에 대한 중압감으로 두려움이 슬금슬금 일어났다. ‘어차피 거쳐야 하는 과정이고 누가 대신 해줄 수가 없는 과정이므로 정면 돌파하자’라는 마음으로 받아들였다.

　노래방에서 자막이나 보고 부르던 내가 공개행사에 생방송으로 나간다고 생각하니 긴장이 되었다. 가슴이 고동치고 덜컥 내려앉는 것 같고, 무대공포증이 자꾸 마음에 걸렸다. 그러나 여기서 이 고비를 잘 넘겨야 한다. 그래야 모든 것을 한꺼번에 말끔히 날릴 수 있다는 생각에 몇 달 동안 노래 연습을 했다. 평소에 가사도 멜로디도 잘 배워 연습을 많이 하였는데도 막상 무대에 올라가면 가사나 박자가 제대로 되지 않았다. 예행연습으로 노래 부르던 중 가사가 막혀 당황하기도 했다.

　행사 날이 되었다. 식전행사 처음으로 공개 무대에 서기로 되어 있었다. 긴장해서 제대로 잠을 못 잤다. 부석부석한 상태로 무대 근처에서 차례를 기다렸다. 드넓은 광장을 바라보니 관중들이 많아 가슴이 꽉 막혔다. 머릿속에서 아무 생각이 나지 않았다. 경험이 많은 다른 출연자들은 농담하면서 근처를 돌아다녔으나 나는 불안한 마음으로 손을 들었다 놨다 하면서 서성거렸다. 무대복으로 갈아입었다. 무대에 익숙하지 못해 일단 가장 무난한 하얀색의 정장과 백구두, 주황색 와이셔츠와 넥타이를 맺다. 차례가 되어 이름이 불려졌다. 마음은 조마조마 하였으나 일단 씩씩하게 무대로 올라가 소개를 하고 인사를 90도로 하자 노래 반주가 시작되었다.

문제가 발생하였다. 처음으로 무대에 올라가 앞을 보니 관중들이 나만 쳐다보고 있어 긴장이 된 데다가 요란하게 울리는 전주곡이 귀에는 또렷이 들리지 않았다. 무대공포증의 악몽이 되살아났다. 녹음기로 수십 회 연습하였음에도 반주소리가 제대로 들리지 않으니 당황했다. 노래를 불러야할 시작지점을 찾지 못하였다. 머릿속이 하얗게 변했다. 절망적이었다. 정신을 바짝 차리고 다급한 나머지 이 지점이다 생각하는 부분에서 노래를 시작하였으나 느낌이 이상했다. 방청석에 앉아 있는 작가의 얼굴을 보니 나를 외면하였다. ‘뭐가 잘못 되었구나’ 하며 다시 정신을 차리고 반주를 찬찬히 들어보았다. 반주가 귀에 들렸다. 그때부터 안정되어 반주에 맞추어 노래를 불렀다. 그러나 이미 앞부분은 반주와 노래가 틀렸다. 노래를 마치고 내려오니 작가의 얼굴색이 좋지 않았고 눈도 마주치지 않았다. 온 몸에 식은땀이 배어나왔다.

그때의 무안함은 그 후에도 상당기간 나를 괴롭혔다. '내가 바보 아냐? 그렇게 연습했음에도, 그렇게 어이없는 실수를 하다니….'

그 후 공연에 수시로 출연하는 것이 최선이라는 생각으로 시간만 되면 다른 공연에 자주 출연했다. 출연 횟수가 거듭될수록 그만큼 안정이 되었다.

지금은 노래 부르며 관중을 쳐다보고 몸짓과 손짓도 하고 멋부리기까지 한다. 잘한다고 할 정도는 아니지만 그때만 생각하면 실소를 금할 수가 없다. 지금은 무대공포증도 말끔히 고쳐졌다. 가끔 첫 공연 유튜브를 보면 얼굴이 화끈거린다. 쥐구멍에도 들어가고 싶다. 나도 모르게 귓불이 붉어졌다.

"누구나 올챙이 시절은 있어. 그래도 지금은 용 됐지 뭐!"

슬며시 밖으로 나와 맑은 하늘 쳐다보며 크게 숨을 들이켠다.

판소리공연

"갈까 부다 갈~까 부네."

아트센터 콘서트홀, 꽉 들어찬 관중석을 향해 '판소리큰잔치' 무대에서 청계수 5명이 춘향가 중 〈갈까부다〉를 부르고 있었다. 나이 4,50대 정도의 사람들이 취미생활로 판소리를 배웠다.

5명이 10분정도 공연, 맡은 부분만 부르는 것이니 걱정 하지 않았고 자신만만했다. 처음에는 대수롭지 않게 생각하고 시작했다. 막상 판소리를 하려 하니 쉬운 것이 없었다. 무대 경험이 별로 없는 사람들이 혼자 하는 것이 아니고 여럿이 박자와 음정을 맞춰가며 소리하는 것이 생각대로 되지 않았다. 게다가 부채를 들고 발림까지 하며 정확히 부르는 것이 어려웠다. 10여 분을 부르려고 한 달여 전부터 같이 모여서 1주일에 1-2회 열심히 뛰어다니며 연습했다.

우리가 공연할 장소는 약 500여 석 규모의 콘서트홀이었다. 합창으로만 하지 않고 중요 대목은 독창을 해야 한다. 그것도 청중 앞에서 하는 생방송 공연이므로 긴장되었다. 공연 중 한 명이라도 중간에 실수하면 어떻게 해야 하나 하는 생각에 마음이 아득해지는 느낌이었다. 별것 아니라고 마음으로 수없이 되뇌었으나 다리에 힘이 쫙 빠졌나가는 느낌이다. 가슴도 콩닥콩닥하였다.

무대 위에 올라가 좌석을 바라보니 수많은 청중들이 전부 우리만 주시하는 것 같았다. 이러한 경우 두둑한 배짱으로 밀고가기는 하나 공개공연의 중압감으로 가슴이 조여들며 호흡이 막히고 처음에는 목소리조차 밖으로 나오지 않아 애 먹었다.

북소리가 울리고 북소리에 맞추어 춘향가를 순서대로 불렀다. 각자 맡은 소절들을 막힘없이 부르고 발림까지 소화했다. 다행히 연습 시 맞추기 어려워 고생했던 마지막 합창까지 무난히 넘어갔다. 동료들도 최선을 다한 결과 무사히 공연을 마무리했다. 긴장으로 정신이 없어 어떻게 소리했는지조차 기억이 나지 않았다.

판소리는 생각보다 어렵다. 고유의 노래임에도 음정, 박자, 가사 등이 전부 낯설고, 가사나 음정이 현대 언어와 다르니, 외우고 또 외워도 잊어버리고 외웠다고 생각하고 노래하다 보면 또 막히고….

　판소리는 공연을 위해 몇 년 동안 꾸준히 연습해야 한다. 어떤 명창은 4-5시간의 완창을 위해 10여 년간 산속에 들어가 공부하기도 한다. 아마추어도 5-10분정도의 공연을 위해 몇 달 동안 공연할 한 대목만 연습한다. 그렇지 않으면 고수와 단 둘이 무대에서 공연하다 긴장으로 중도 포기하는 사태를 맞이하는 경우가 생긴다.

　'돈도 되지 않고, 살아가는데 도움도 되지 않는 이런 일을 왜 하는지 모르겠네.' 혼자 궁시렁거리면서 그래도 무대에서 몇 마디는 부를 수 있어야 하고, 큰 무대에 한번이라도 서봐야 체면이라도 서는 것이 아니냐고 스스로 되뇌며 연습했다.

　청계수회는 각자 직업을 가지고 취미로 판소리를 배우는 아마추어들의 모임이다. 공연을 보러온 대중들에게 연습한 판소리를 선보이고자 열심히 연습했다. 공연을 마쳤을 때 지인들을 비롯한 많은 청중들로부터 열렬한 환영과 박수를 받았다. 무대 뒤를 빠져나오며 청중석을 돌아보았다. 큰 실수 없이 마쳤다는 안도감으로 큰 호흡을 했다. 서로 수고하였다고 격려하며 악수했다. 동호회원 중 한 여성은 공연에 대한 긴장으로 불면증에 시달려 고생했다는 소리도 했다.

몇 분 동안의 공연을 위하여 똑같은 대목을 수백 번 연습도 해야 했다. 몇 분에 불과한 공연을 위해 회원들이 아침 10시부터 공연장에 나와 오후까지 연습했다. 연습 장소가 따로 없어 공연장 옆 길가에서 옆 사람들의 눈치에도 아랑곳하지 않고 피 토하도록 연습했다. 점심 먹을 시간도 아까워, 가져온 김밥으로 해결했다. 한복을 하루 종일 입고 있는 것도 힘든 일이다. 그래도 이렇게 큰 무대에서 공연할 수 있으니 행복하다. 이런 공연할 기회도 쉽지 않기에 자그마한 행사에서 초청하면 그곳이 어디든지 찾아가 공연하고 때로는 길이나 천변에서 공연한다.

대중에게 인기 있는 판소리꾼이 되기 위해 분골쇄신 노력을 많이 해야 한다. 밖으로 드러난 화려함만 보면 누구나의 로망이겠지만 그 뒤에 그들이 흘리는 땀과 노력의 고통은 모르는 것이다. 수년 동안 눈물 흘리며 노력했으나 순간의 실수로 목에 결절이 생겨 중도포기해야 하는 절망감을 알겠는가. 대회에 참가하기 위해 수백 킬로미터를 달려가 근처 모텔에서 쭈그리고 겨우 잠을 자고 일어나 공연장에서 몇 시간씩 기다리다 겨우 몇 분 공연하고 다시 수백 리 되돌아와야 하는 것을 관중들은 알까? 유명한 소리꾼에 밀려 독창은 차례가 되지 않고 여럿이 함께하는 합창과 발림에나 참여하여야 하는 서러움을 아는가. 스스로 좋아서 하는 일이

지만 가족의 생계도 책임지어야 하는 입장에서 생활고가 해결되지 못해 투잡, 쓰리잡을 하며 동동거리며 살아가는 모습을 아는가.

취미로 잠깐의 공연을 위하여 많은 연습을 하고, 수 십 일 동안 같이 행동하며 연습하느라 자유를 속박 받고 시간과 돈을 허비하고 정열을 바쳐 열심히 연습하는 등 많은 어려움을 감수했다. 그들의 동동거림에 상관없이 보통사람들은 그들이 펼치는 쇼를 좌석에 앉아 편안히 구경한다.

보여주는 사람은 좋게 보여주기 위해 불철주야 노력하여 완성도 높은 소리를 들려주면 된다. 구경하는 관객은 공연자들이 이를 위해 얼마나 많은 땀을 흘리는 것과 관계없이 그 공연을 보고 마음껏 즐기면 된다.

이것이 세상이 돌아가는 이치이니 모두 자기 맡은 바 살아가는 것이다.

나는 눈물을 흘리고 있다

그날도 길가에 주저앉아 울고 있었다. 술에 취하면 가끔 혼자 운다. 술주정 같기도 하고, 다른 사람이 보면 이상해 보일 것 같다. 남자는 눈물을 흘리면 안 된다고 들어온 터라 여간해서 울지 않는 성격이나, 어머니 생각을 하면 주체할 수 없이 눈물이 난다.

나는 자그마한 두메산골에서 태어났다. 가족은 10명이고 맏이였다. 할머니 아버지 어머니 그리고 고모들과 삼촌까지 대가족이었으며 우리는 농사꾼이었다. 60년대의 시골생활은 모든 것을 몸으로 해결해야 겨우 입에 풀칠할 때였다.

가장 힘든 것이 어머니다. 새벽부터 밤늦게까지 쉴 틈이 없었다. 똑같이 농사일 하면서 세 끼 모두 불을 지피어 뜨거운 밥을 지어야 했고 새참까지 마련해야 하니 너무 힘든 일상이었다. 허약한 체질의 어머니는 힘든 일을 감당하지 못하여 매일 저녁 끙끙 앓았다. 아버지는 대학 재학 중이었는데 할아버지가 갑자기 돌아가시는 바람에, 어쩔 수 없이 농사일을 떠맡았다. 아버지는 도시에서 엘리트로 살고 싶어 했으나, 할 수 없이 농사일을 해야 했기에 생활에 불만이 많아 부부싸움을 자주했다. 호랑이 할머니의 시집살이는 더욱 더 어머니를 힘들게 했다. 그런 어머니를 보며 어찌할 수 없는 나는 그 상황을 벗어나고 싶었다. '여하튼 나는 이곳을 떠날 거야.' 다짐했다.

대학을 졸업하고 취직이 되어 서울로 상경하였다. 고향을 떠난다는 아쉬움은 없었다. 힘들어 벗어나고 싶은 곳, 언제나 떠날 준비를 마음에 두고 있었다. 떠난다는 것이 기분 좋았다. 취직 못하면 아버지처럼 농사꾼이 되어야 할 상황이다(그래서 죽을힘을 다해 취직에 매달렸다).

집을 떠나 힘든 집안 사정을 보지 않으니 살 것 같았다. 도시 생활에 적응하며, 고향 생각은 까마득한 추억으로 사라졌다. 아니 까마득히 잊었다고 생각했다.

고향은 명절 때 내려갔다가 다음날 도망치듯 되돌아오곤 했다. 고향에 대한 추억은 밝음보다 어두움이 나를 지배하였기 때문일 것이다.

어머니와는 살가운 추억이 없다. 고산지대인 고향은 겨울이 되면 문고리가 얼어 손에 쩍쩍 달라붙을 정도로 매서웠다. 그런 추운 겨울 새벽에도 어머니는 공부하라며 잠자는 우리 남매를 사정없이 깨웠다.

"너희들은 나처럼 절대 농사일을 해서는 안 된다. 어떻게든지 취직을 하여 이곳을 떠나라."

매정할 정도로 단호했다. 많은 어머니가 그렇듯이 자식들만은 이렇게 힘든 생활을 하지 않았으면 하는 바람이었을 것이다. 그런 어머니를 원망했다. '낳아준 진짜 어머니가 맞아?' 의심까지 들었다.

어머니의 다람쥐 쳇바퀴 같은 생활은 계속됐다. 우리는 학교를 마치면 스스로 알아서 놀거나 주어진 일을 했다. 어머니는 항상 바쁘고 피곤했다. 어머니와 자식 간의 자상함이 생길 틈이 없었다. 우리는 고모가 키웠다. 어린 고모는 농사일하기에 너무 어렸기에 막내삼촌과 우리를 업어 키웠다. 부모님은 일에 파묻혀 사는 일꾼에 불과하니 우리를 돌보고 싶어도 돌볼 수가 없었다.

형제자매가 각각 직장을 찾아 떠났고 시골에는 할머니와 부모님만 남았다. 취직하여 안정이 되었기에 부모님을 모시려 했으나 빠듯한 월급쟁이 사정으로는 많이 모자랐다. '취직하면 모셔다 편하게 살게 하겠다.'는 남모르게 한 다짐은 흘러간 옛 노래가 되어 나를 힘들게 하였다.

그즈음부터 술 마시다 어머니 이야기만 나오면 혼자 밖으로 나와 울었다. 어머니와 깊은 감정이 있는 것도 아닌데 어머니 생각만 하면 눈물이 났다. 혼자 실컷 울다 집으로 돌아오곤 했다.

세월이 더 흐른 뒤 이래서는 안 되겠다 싶어 "이제 연세도 있으니 우리와 편하게 같이 사는 것이 어때요." 라는 내 권유에 "내가 움직일 수 있는 한 절대 같이 안 산다. 우리 서로 편하게 살자."고 사양하셨다.

많은 식구들을 부양해 오신 당신의 고생을 아들과 며느리에게는 절대로 넘겨주지 않겠다는 신념이었다.

그 후 부모님은 힘든 생활에서 벗어났으나, 어릴 적 힘든 생활을 하신 어머니에 대한 애잔한 마음이 가슴에 자리 잡아 있고, 그때 나는 장남이면서도 고통 받는 어머니에게 도움이 되지 못하고 아무것도 할 수 없었던 무기력함에 분노하였고, 그에 맞서 싸울 용기가 없었다는 자괴감에 빠져있었다. 스스로의 무능력과 어머니에 대한 미안한 마음이 밑바닥 깊이 자리 잡고 있었다.

용담댐 공사가 시작되어 수몰민이 되었다. 부모님은 어디에 정착할 것인가 고민하였다. 대다수 수몰민은 고향 근처에 자리를 잡았으나 부모님은 보상금을 받아 내 집 옆인 분당으로 이사 왔다. 가까이 있으니 자주 찾아 뵐 것으로 생각하였으나 그러지는 못했다. 지금은 무슨 일이 있으면 가까운 병원에 바로 가고, 가끔 찾아 뵐 수 있어 마음이 놓인다.

분당에 오신 후부터는 술에 취해 어머니 얘기가 나와도 울지 않는다. 아버지는 80대 후반으로 보청기를 사용하나 다른 곳은 건강하시다. 어머니는 젊을 때 고생으로 온몸이 만신창이가 되어 종합병원이라는 별명을 얻었으며 매일 한 주먹씩 약을 드신다.

어머니는 5남매에게 "너희들을 키울 때는 어미로 역할을 제대로 해준 것이 없는데 너희들이 잘 성장하고 우리에게 이렇게 잘할 줄은 몰랐다."고 우리 형제들을 대견해 하신다.

'좀 더 젊으실 때 설득하여 취미 생활이라도 하시게 했으면 노년이 지금보다 훨씬 더 풍요로우실 텐데….'

안타까움만이 내 가슴속을 휘감는다.

장인 축가

"딴따라단 딴."

결혼행진곡이 울리며 신랑 신부가 나란히 식장 앞 주례선생님 앞으로 사뿐사뿐 걸어가고 있었다. 딸아이가 결혼하는 날이다. 싱글을 고집하던 딸아이가 갑자기 참한 남자를 데리고 와 결혼을 하겠다고 하였다. 고집을 꺾지 않던 딸이 결혼한다고 하니 나는 무거운 짐을 내려놓은 것처럼 기분이 좋아 마음이 바뀔까봐 결혼식을 빠르게 진행시켰다. 결혼식 입장, 친정아버지가 신부를 데리고 들어갔으나 요즈음에는 신랑신부가 나란히 같이 들어가겠다고 하여 양보했다. 노래를 좋아하니 내가 축가를 부르는 것도 좋겠다는 생각을 하였다.

"결혼식에는 아빠가 축가를 부르면 어떠니?"

제의를 하였더니 딸이 흔쾌히 승낙하였다. 사위도 반대를 하지 않아 딸 결혼식에 축가를 부르게 된 것이다.

사실 축가를 부르겠다고 하였을 때 꼭 축가를 부르겠다는 의미는 아니었다. 판소리로 축가를 불렀으면 좋겠다는 마음을 가지고 있었다. 그래서 넌지시 지나가는 말로 축가 이야기를 한 것이었다. 결혼식이 다가오자 속으로 은근히 걱정이 되었다. 많은 하객들이 있는 앞에서 다른 사람도 아닌 장인이 축가를 부른다는 것이 특이한 경우인데다 축가를 부르던 중 중간에 가사를 잊어 더듬거리게 되면 아니부름만 못한 것이다. 게다가 사돈댁 사장어른이 나하고 동갑이나 보수적인 사람이라고 들었기에 이 분들이 어찌 생각할지 걱정이 되었다. 이미 쏘아놓은 화살이라 어쩔 수가 없으니 준비하기 시작했다. 판소리로 축가를 부르고자 하였으나 마땅한 노래가 생각나지 않아 포기했다. 조급해졌다.

축가로 부를 수 있는 곡이 어떤 것들이 있는지 인터넷으로 검색해보았다. 젊은 가수들이나 성악가들이 부르는 노래가 대부분이다. 멋지게 부를 수 있는 노래가 없었다. 얼마 남지 않은 기간에 노래를 능숙하게 불러야 하는데 자신이 없었다.

잘할 수 있는 곡을 열심히 찾아보았다. 인터넷 검색하던 중 많이 불러본 곡은 아니지만 들어본 적이 있는 곡을 발견했다. 기타를 연주하여, 반주를 위한 밴드를 동원하지 않아도 할 수 있는 곡으로, 김종환의 〈사랑을 위하여〉로 정했다. 그때부터 노래를 들으며 따라 부르며 연습했다. 연습시간에 비례해 노래는 익숙해졌다. 문제는 〈사랑을 위하여〉 노래키가 높아 내 목청으로는 무리가 되지 않을까 걱정이 되었다. 쉽게 부를 수 있는 다른 곡을 찾아보았으나 마땅히 대체할 노래가 없었다. 이미 결혼 초대장이 카톡으로 보내진 마당에 못한다고 발을 뺄 수도 없었다.

결혼식이 시작되었다. 결혼식 중간쯤에서 사회자가

"이번에는 축가가 있겠습니다. 축가를 부를 사람은 신랑신부의 친구가 아닌 신부의 아버지이며 신랑의 장인 되시는 분이 서로 오래도록 잘 살라는 의미로 부르겠다고 하였습니다. 힘찬 박수로 격려해 주시기 바랍니다."

우레와 같은 박수가 쏟아졌다. 일단 인사를 한 후에 기타를 들고 의자에 앉았다. 그러자 주위가 쥐죽은 듯 조용해졌다. 여기저기서 수군거리는 소리가 들렸다.

"친정아버지가 축가를 부른다네."

기타로 반주를 하며 관중석을 바라보니 많은 사람들이 주시하였다. 심장이 콩닥 콩닥거리고 가슴이 답답해지고 얼굴이 붉어지는 느낌이 들었다.

‘내가 괜히 축가 부른다고 떠들다 이게 무슨 꼴이람.’

후회했으나 이미 때는 늦었다. 노래를 시작하였다. 오랜만에 만져보는 기타이니 연주에 솔직히 자신이 없었다. 실수를 줄이려고 기타 소리는 되도록 적게 하고, 노래 소리를 크게 냈다. ‘이른 아침에 잠에서 깨어 너를 바라볼 수 있다면…’하며 노래가 울려 퍼져 나갔다. 조용한 분위기 때문에 노래 부르며 다른 생각을 할 여유가 없었다. 노래하던 중간에 가사를 잊으면 어떡하지 하는 조바심이 났다. 긴장으로 기타 치는 손은 땀에 흥건히 괴었다. 얼굴에서는 땀이 방울방울 맺혔다. 축가는 막힘없이 이어졌고 5분여 동안 1절과 2절을 무사히 마쳤다. 노래하던 중 가사를 잊어 망신당하는 것은 면했고 중간 부분의 고음 처리를 무난히 한 것 같아 안도의 숨이 쉬어졌다.

불이 켜지면서 주례선생이 “이렇게 장인이 축가를 불러주는 것은 얼마나 좋은 일입니까? 이런 신식 장인에게 다시 뜨거운 박수를 부탁합니다.”하면서 박수를 유도했다.

노래를 마치고 무대 뒤쪽으로 나왔다. 그때서야 긴장이 풀리며 해방감이 가슴을 벅차게 만들었다. 폐백까지 마치고 하객들에게 인사를 마친 후 집으로 돌아왔다.

잠시 쉬니 카톡이 왔다. 그곳에는 내가 축가를 부르는 모습이 있었다. 신랑 친구들이 동영상을 찍어 보내주었다. 영상을 살펴 보니 잘한 것은 아니지만 큰 실수 없이 무사히 마쳤다는 생각이 들어 '휴~유' 안도의 한숨을 쉬었다. 장인이 축가를 불렀다는 특이한 상황이어서인지 박수와 함성이 대단했다. 앞으로 이런 축가를 부르는 등 부담스러운 일은 하지 않겠다고 혼자 되뇌어 본다.

그러나 아들이 장가갈 때는 나는 틀림없이 "야, 아들 내가 축가 불러줄까?" 다시 제안할 것이 명약관화하다.

이러한 성격이 내 본성이니 이를 어찌할 수 있겠는가. 바꾸려면 죽어서야 바뀌지 않을까 하는 생각이 얼굴을 스치며 바람이 되어 날아간다.

"딸아 행복하게 잘 살아라. 인생은 연습이 없으니 하루하루 의미 있게 보내거라."

윤우야, 까까 먼저

"하버지, 까까 먼저."

세 살인 윤우가 말을 배우며 나에게 제의하는 조건이다. 윤우에게 증조할머니 집에 가자고 하니 그럼 까까를 먼저 사줘야 간다는 것이다. 아직 말을 배우는 중이라 할아버지를 '하버지'로 과자를 '까까'라 한다.

어릴 때 병치레를 많이 하였던 딸아이가 결혼했다. 내 품에서 떠났다는 아쉬움과 이제는 짐을 덜었다는 홀가분한 마음으로 마음이 뒤숭숭하였으나 우선 내 짐을 덜었다는 생각에 홀가분한 마음이 더 컸다.

남매 중 딸아이가 결혼하여 낳은 아이가 윤우다. 이제 33개월 된 손자, 주말이면 집으로 데려와 아내가 돌봐 준다. 토요일 오전에 데려와 일요일 오후에 데려다 주니, 1주일에 겨우 하루 반나절에 불과하지만 윤우가 집에 오는 날이면 온통 시골의 5일장이고 시끄러워 아래층 사람들에게 죄송할 뿐이다. 보내고 나면 '휴' 하고 무거운 짐을 내려놓은 것 같고 뭔지 빠져버린 것 같은 허전함이 몰려온다.

평소 딸과 아들에게 넋두리처럼 하는 말이 있다.

"너희는 결혼하여 자식을 낳으면 절대로 아빠와 엄마에게 맡길 생각은 애시당초 하지 마라."

손자 키우는 선배를 보면서 말년을 저당 잡히는 상황을 많이 봤고 손자를 키우지 말라는 말을 귀에 딱지가 붙도록 들어 왔던 터였다. 그래서 손자는 나의 사전에 없었다. 손자가 가끔 놀러오면 잠시 놀아주고 과자나 장난감 정도를 사주면 된다고 생각했다. 남은 세월을 잘 활용해 인생의 말년을 의미 있게 보내겠다는 게 내 계획이었다.

처음에는 할아버지라는 말이 적응이 되지 않았다. 그 말을 듣는 것이 싫었다. '할아버지라니 이렇게 젊은데, 아직은 아니야' 하며 스스로 부인했다.

일이란 생각대로 되지 않는다. 딸아이가 혼자 살겠다는 고집을 버리고 결혼을 한다고 하니 앓던 이가 빠진 기분이었다. 거기다

귀여운 윤우가 태어났다. 사위는 회사 업무로 바빴다. 딸아이가 갑자기 출산 후 회복이 빨리 되지 않았다. 처음에는 시댁에서 손자를 맡아주었으면 하고 은근슬쩍 탁구공처럼 미루어 보려고 눈치싸움하며 밀당해 보았다. 시어머니가 몸이 아프고 '딸 가진 부모가 죄인'이라고, 아내가 산후 조리부터 맡으며 자연스레 윤우를 돌보게 되었다.

윤우를 데려왔으니 갓난아기여서 항상 조심스러웠다. 대화가 되지 않고 울고 떼만 쓰니 뾰쪽한 대책이 없었다.

"윤우를 당신이 데려왔으니 당신 책임이다. 알아서 해."
아내에게 책임을 미루고 나는 내 할 일만 하러 다녔다. 평소 허약한 아내는 혼자 동동거리며 윤우를 돌보았다. 애들은 여자가 돌봐야 한다는 논리를 펴며 못 본 체 하였다. 1년은 봐 주겠다고 약속은 내가 해놓고 외면한 것이다. 그것이 당연하다고 생각했다. 아내는 매일 녹초가 되었다. 그래도 나는 바쁘고, 또 윤우가 잘 따르지 않는다는 게 핑계였다.

하루하루를 힘들게 살아내던 아내가 하루는 대화를 청해왔다.
"아이는 자기가 따르는 사람이 잠깐 화장실에 가는 것도 다시 돌아오지 않는다는 두려움으로 떼를 쓴다고 해요. 당신은 윤우가 따르지 않아서 볼 수 없다는 생각만 하는 베짱이 행동만 하고 있으니, 한번이라도 같이 놀아 주어 믿음을 갖게 할 생각이 있기는 해요!”라면서 윽박질렀다.

윤우에게 다가가고 싶어도 다가갈 방법을 몰랐다. 가까이 가고 싶어도 할머니만 찾으며 좀처럼 곁을 내주지 않는 윤우, 야속하기도 하고 내 일에 바빴다. 애 보는 일은 나와 맞지 않는 일이라 생각하며 미안한 기색도 없이 밖으로 돌며 외면했다. 아내가 녹초가 되든 윤우가 떼를 쓰든 관심을 두지 않고 불편한 것만 불만이었다.

문득 아내 말이 귓전에 맴돌았다. 이기적이라는 생각이 들었다. 손자 키운다고 친구들에게 말하기 싫었으며 잘 따라주지도 않으니 어쩔 수 없는 것 아니냐며 스스로를 합리화 했던 것이다.

“윤우가 따르지 않는데 내가 무슨 수가 있나. 어떻게 해야 할지 방법을 알려주면 시도는 해 볼게.”

“우선 우리 같이 데리고 가까운 놀이터에 갔다가 내가 먼저 집에 들어 올 테니 같이 조금 더 놀다 와 봐요.”

아파트 단지 놀이터에 같이 갔다. 윤우는 놀다가 할머니가 안 보이면 할아버지는 소용없었다. 아킬레스건인 까까를 무기로 삼기로 하였다.

“윤우야. 할머니는 집에 가서 윤우 맘마 해야 하니 하버지랑 까까 사러갈까?”

윤우가 할머니와 나를 번갈아 보다가

“그래.”한다. 시도가 적중했다. 절대로 할머니가 없으면 안 되던 아이가 따라 나섰다. 기분이 좋아져 슈퍼에 같이 갔다. 집에 돌아오는 길에 우리는 손을 잡고 오순도순 이야기를 하면서 깡총거리며 돌아왔다.

처음이 어려웠다. 윤우는 까까 사는 것을 무기로 슈퍼에 둘이서 같이 갔다. 둘이 갈 때면 윤우가 과자를 사 달라는 조건이 붙었다. 그 시간만이라도 아내를 쉬게 해주겠다는 생각으로 슈퍼에 다녔다. 윤우는 ‘아이 사랑’이라는 놀이터에서 2시간을 보낼 수 있다. 처음에는 아내가 데리고 갔었다. 나는 차로 데려다만 주고 바로 내 볼일을 보러 다녔다.

“윤우야, 오늘은 하버지와 같이 아이사랑 놀이터 갈까?”

조심스럽게 제안을 해 보았다. 나는 윤우가 평소처럼 ‘할머니랑 할아버지랑 같이’ 할 것으로 생각했다.

“그래, 까까 먼저.”

아직은 카시트에 앉는 것을 싫어하여 앉히지 못한다. 보통 뒷좌석에서 아내가 안고 탔는데 이제는 혼자 태우니 걱정이 되었다. 어떤 수가 없을까 생각을 해 보았으나 마땅한 방법이 떠오르지 않았다.

"윤우야, 차가 위험하니 어린이 시트에 앉아서 가면 어떠니?"

썩 내키지 않아 하였다. 뒷좌석에 시트를 채운 다음 위에 앉히고 벨트는 매지 않은 상태에서 태우고 천천히 출발했다. 갑자기 뒤에서 쿵 하는 소리가 들렸다. 애가 벨트를 매지 않아 바닥으로 떨어진 것이다. 어리둥절한 애가 다시 시트로 기어 올라갔지만 다시 바닥으로 떨어졌다. 걱정이 돼야 하는데 웃음이 났다. 물론 뒷좌석바닥은 떨어져도 다칠 일은 없었다. 어리둥절해하다 윤우가 하는 말.

"안전벨트 안 매면 위험해."

위험함을 몸으로 직접 체험한 윤우는 시트에 올라앉아 안전벨트를 매 달라고 한다.

주말에 데리러 가면 할머니가 제일 우선이고 다음에 '하버지' 하면서 뛰어오는 것을 보면 행복하다.

부모가 맞벌이 부모이니 낮에는 어린이집, 밤에는 엄마 아빠 집, 주말에는 할머니 할아버지 집에서 머문다. 자꾸 바뀌는 환경이 안쓰럽기도 하지만 "할머니 하버지 많이 기다렸어." 앙증맞은 소리에 나와 아내는 입이 귀에 걸리며 와락 윤우를 끌어안는다.

이제 우리는 삶을 정리하는 나이다. 자라는 애들을 보며 세상의

이치도 깨닫게 된다. 손주를 키우지 않고 내 생활을 위해 시간을
보내면 몸은 편하다. 손주를 키워보면 애들과 정들고 귀여우니
행복하다. 세상의 이치는 이익 되는 면이 있으면, 이면에는 손해
보는 면이 같이 존재한다. 선택은 그대들의 몫이다.

버킷리스트

"저는 오늘부로 정든 이곳을 떠납니다. 앞으로는 다른 삶을 살게 될 것입니다 그동안 감사드립니다. 안녕히 계세요."

말을 마치고 단상에서 내려와 자리에 돌아가 앉았다. 매일 9시까지 출근하고 오후 6시에 퇴근하는 생활에서 벗어나 시간에 얽매이지 않는 생활이 시작되는 것이다. 30여 년을 한 직장에서 근무하며 일에 열정이 있었으나, 얼마 전부터 스트레스로 더 이상 버티기가 어려울 정도로 억눌려 있었다. 이래서 때가 되면 퇴직이라는 제도가 있구나 하는 생각이 들었다.

1주일에 2-3일 정도의 출근으로 바뀌었다. 근무시간은 줄었으나 근무 강도는 높았다. 출근거리가 왕복 3-4시간으로 늘어났고 혼자 스스로 처리를 해야 하므로 그에 대한 스트레스도 상당히 늘어났지만, 여유시간이 늘어난 것은 부인할 수 없다. 시간적 여유를 누려보자는 생각이 들었다. 업무를 열심히 하더라도 나머지는 내 마음대로 보낼 수 있는 시간이 되었으므로 기분은 좋았다. 다른 것은 생각하기 싫었고 잠도 자고 배드민턴도 늦게까지 즐겼다. 세월은 빨라 반년 정도가 휙 지났다.

내 삶에 대하여 뒤를 돌아보고 미래도 생각해보기 시작했다.

어느덧 환갑이 훌쩍 넘어갔다. 어릴 적의 환갑이면 할아버지이며 얼마 후 세상을 떠날 사람으로 치부되어 잔치까지 하였다. 평균수명이 늘어나고 신체건강도 좋아져, 할아버지가 이제는 속칭 '꽃 중년'이라는 신조어가 만들어질 정도로 세상이 바뀌었다.

그러나 남은 시간이 별로 없다. 물론 100세 시대라고 하나 주위를 살펴보니 75세에서 80세가 되면 행동도 불편하고 아픈 곳도 많아진다. 활력 있게 행동하며 살아갈 수 있는 시간은 잘해야 10년에서 15년이 조금 넘을 정도밖에 없구나 하는 생각이 든다. 인생이 100년을 산다고 해도 깨어있는 시간은 40년 정도이니 5년에서 10년여밖에 남지 않았다는 생각이다.

앞으로 어떻게 해야 하나. 갈수록 몸이 아프고 기운도 떨어지고 모든 것이 귀찮아지고 이것저것 눈치를 보게 될 것이다. 한숨 자고나면 남은 기간이 끝날 것 같은 생각이 들었다. 그동안 뭘 했는지 되돌아보았다. 세월의 무정함으로 직장과 사회에서 밀려났다. 아들과 딸은 각자 자기 일에 바쁘게 살고 있으니 가족의 얽매임에서 벗어날 수 있다.

이런저런 생각을 했다. 남은 시간을 어떻게 보낼까.

건강, 시간, 경제적인 것도 챙겨 보며 상황에 맞는 계획을 세워 보았다. 뜻이 좋아도 현실에 맞지 않는 것을 택하면 얼마 남지 않은 이 시간을 무의미하게 날려버리고 도로 주워 담을 수가 없을 것이다.

하고 싶었던 것을 생각해 보았다. 어릴 때부터 꿈이었던 가수가 되어 음반도 제작하고, 공연하고, 방송에 출연해 보고 싶은 막연한 희망이 있었다. 그러나 가수의 꿈은 가슴에 묻고 살아왔다. 기회가 주어지면 하고 싶었다. 글을 써 책을 내고 싶었다. 음반은 어디서 어떻게 해야 할지, 책을 출간하려면 어떻게 해야 할지에 대하여 지식은 없었다.

접근하기 쉬운 문화원 프로그램을 찾았다. 좋아하고 잘 부를 수 있는 민요 프로그램에 등록했다. 길을 가다 우연히 들려오는 춘향가의 〈옥중가〉를 듣는 순간 멋스럽게 들리며 갑자기 나도 모르게 감동이 밀려왔다. 판소리 반에 등록하였다. 막상 시작하니 재미는 있었으나 배우기가 어려워 많은 시간과 노력이 투입되었다.

책을 내고 싶어서 글을 쓰기 시작했다. 어려움이 많았다. 다른 사람이 쓴 수필이나 시를 읽어보면 나도 쓸 수 있겠다는 생각이었으나, 막상 펜을 들면 몇 줄 이상 써지지 않았다. 대충 쓴 후 읽어보면 문맥이나 어법에도 맞지 않아 도저히 글이라고 할 수가 없었다. 문화원 등을 전전하며 글을 배우고 써보았다. 능력에 한계가 있어 도대체 진전도 없어 어려움이 많았다.

'내가 유명인사가 되려고 하는 것은 아니고 스스로 자기 만족을 위한 배움이니 너무 잘하려 하지 말자.'

스스로의 변명으로 위안하며 썼다. 힘들어도 자꾸 연습하면 나아지겠지 하였으나 재능이 부족하니 진보가 없어보였다. 불굴의 투지로 조금이라도 나아진 글을 위해 오늘도 글을 열심히 써 보나 한 줄 쓰는데도 시간만 죽이고 있다.

우리는 원하든, 원하지 않든 세월이라는 기차를 타고 종착역을 향해 쉬지 않고 달린다. 기차는 중간 정차역을 그대로 지나쳐 앞으로만 간다. 그동안 선배들이 떠나가듯 우리도 떠날 때를 맞이해야 한다. 이 생각의 변화를 알아 일어나고 사라지는 흐름을 관찰하다 보면 세상을 꿰뚫어 볼 수 있는 힘을 기를 수 있을 것 같다. 수행을 해 보고 싶다. 그래서 이를 넘어서는 지혜를 배우려 한다. 많은 시간과 노력이 필요하겠지만 가치가 그만큼 있다고 생각된다.

공직의 그늘에서 벗어나 야인이 되었다. 유유자적, 어느 것에도 매이지 않고 살아보는 게 평생 꿈이었다. 미흡하지만 일부분이라도 만족한다. 이만큼 살아 온 것에 감사한다. 능력은 없어도 열심히 노력하여 어려운 사람들에게 되돌려 주고 싶다. 어렵고 외로운 사람, 길을 잃고 방황하는 사람들에게 자그마한 도움이 되고 싶다.

작은 사무실을 오픈했다.

오늘도 어떤 사람이 올까? 과연 그들에게 도움이 될 수 있었으면 하는 마음을 먹으니 스쳐가는 바람이 얼굴에 머문다.

수행자들

"잘 다녀오세요."

이 곳 선원에서는 헤어질 때 '안녕히 가세요.'가 아니라 '잘 다녀오세요.'라는 인사를 한다. 처음에는 그 인사말이 적응되지 않았다. 보통의 경우는 안녕히 가세요인데 왜 여기서는 반대로 하는 것일까. 그 이유를 짐작은 하나 물어보지 않아 정확히 몰랐다. 시간이 지나고 보니 어렴풋이 의미를 알게 되었다.

1달에 2번 정도 양평을 찾는다. 수행처이다. 우연한 기회에 이 선원을 알게 되었고 지금까지 인연이 닿는다.

종교에 대해 깊이 생각해 본 적이 없어 특별히 신봉하는 종교는 없다. 그렇다고 무신론자는 아니다. 종교에 대해 좋지 않은 관념이 박혀 있어서다. 어릴 때, 주일학교에 다녔다. 자그마한 동네라서 그런지 어린이들은 거의 다 교회에 갔다. 우리는 어렸고 가난한 시대라 교회 가면 먹을 것을 주고 친구들이 많아 같이 놀기에 좋았다. 어머니가 불교이고 토속신앙에 가까웠음인지 자연스레 불교는 거부감이 덜했다.

수사 업무를 오랫동안 담당하며 교회든 절이든 재산문제로 고소 고발하는 것을 담당하였다. 종교인은 일반인보다 욕심도 없고 남을 배려해야 한다는 생각을 갖고 있었는데, 반대로 그들은 욕심도 훨씬 더 많고 상대에 대한 양보나 이해도 하지 않았다. 일반인보다 더 막힌 그들을 보면서 종교에 대한 불신이 더 깊어졌다. 종교와는 거리를 두고 살아왔다.

10여 년 전 가까운 지인에게 속아 재산 피해를 당해 파산까지 갈 정도가 된 적이 있다. 성격이 긍정적이고 낙천적인 나는 잘못해 놓고 대수롭지 않게 넘겼다. 마음이 여린 아내가 많은 정신적인 스트레스를 받아 힘들어 했다. 당신은 잘못 없으니 신경 쓰지 말라 설득하고 그 정리 방법까지 구체적인 플랜을 밝혔으나, 아내에게는 마이동풍이었다. 설득을 포기하고 어찌할 방법이 없어 바라만 보고 있었다.

어느 날 아내가 근처에 있는 절에 다니며 기도하기 시작했다. 조금씩 마음을 다스리기에 이르렀다. 신기했다. 아무리 설득해도 되지 않아 옆에서 지켜만 보았는데, 스스로 그 속박의 굴레에서 벗어난 것이다. 그 인연으로 조계종과 인연의 끈이 만들어졌다. 불교에는 관심이 없었으므로 아내를 따라다니며 그곳에 있는 주지스님과 가까이 지냈다. 수행보다는 스님들과 대화하는 것이 재미있어 자주 다녔다. 절은 조용하고 편안해서 좋았고 뭔가 모르는 심오한 뜻이 있는 것 같아 좋았다. 그러나 불교에서 최고의 가치를 두는 깨달음에 대해서는 손에 잡히지 않고 너무 막연하고 추상적이다 보니 이해가 잘 되지 않아 접근하기가 어려웠다.

우연한 기회에 깨달음이라는 책을 접하게 되었다. 마음에 와 닿는 것은 없었다. 인연도 말없이 스쳐지나갔다. 우연히 아내와 같이 간 선원은 내가 책을 읽고 상상했던 조용하고 웅장한 산 속의 절과는 많이 달랐다. 자그마한 가정집을 개조해 사용하고 있었다. 아내는 마음이 가는 것 같았다. 자꾸 가기를 원했고 그곳에 가는 것도 특별히 반대할 만한 이유가 없어 드라이브하는 기분으로 다녔다.

시간이 지나면서 그때의 상처로 웃음을 잃었던 아내가 마음을 다스리며 밝은 얼굴을 되찾아갔다. 다른 절에서는 마음의 안식을 찾는 정도였으나 이곳의 무엇이 아내의 마음을 움직여 행복해하는지 관심을 갖게 되었다.

그곳은 초기불교 공부를 하는 곳이었다. 불교임에도 내가 알고 있던 절과는 달리 새로운 것이 많았다. 조계종에서 교리를 배워 보려 할 때는 손에 잡히는 구체적인 내용이 없고 추상적인 법문이 대부분이어서 '내가 법문할 기회가 생기면 절대로 저렇게 이현령 비현령은 안 하겠다'고까지 마음먹었다. '탁 치니 억 하고 깨달았 다'고 하는 등 너무 막연하고 형이상학적인 표현을 보면서 신비롭 기는 하나 직접적인 수행에는 별로 도움은 되지 않는다고 생각했 다.

초기불교는 부처님의 말씀이나 수행 방법이 구체적으로 서술되 었다. 부처님이 신비롭고 어려운 대상이 아니고 우리 대중과 같이 생활하고 알기 쉽게 전달하고 있었다. 경전을 따라하면 많은 사람 들이 쉽게 배우고 수행을 해 나갈 수 있게 되는 것 같았다. 그래서 많은 수행자들이 '삼매'에 들어갈 수 있는 것 같았다. 불교방송이 나 유튜브에서도 쉽게 접할 수 있게 만들어 놓았다.

우리 부부가 다니는 선원에는 수십 명의 신도들이 수행을 하고 있다. 젊은이나 노인, 남자, 여자 등 다양하다. 자기의 마음을 다 스리고 세상의 이치를 알아가고 세상을 떠날 때는 소풍가듯이 갈 수 있기 위해 노력을 하고 있는 것이다.

결혼도 하지 않고 수행에 몰두하는 경우도 많다. 오직 수행만을 위해 사는 사람들이다. 처음에는 뭐가 중요하다고 저렇게까지 수행에 빠져 있는가 한심한 눈으로 쳐다본 적도 있다.

수행하다 다른 수행처로 옮기는 사람도 있고, 다른 곳에서 수행을 하다 이곳으로 와 수행에 매진하는 사람도 있다. 초기불교는 일반인들이 잘 모르기도 하고 관심도 없으며 주위에는 알려지지 않았다. 그런데 많은 사람들이 이러한 수행처가 있다는 것을 어떻게 알고 찾아 와, 며칠씩 휴가내고 수행하는 것일까. 무슨 매력이 있는 것일까 하는 생각도 해본다.

세상에 태어날 때는 뭔가 하고 싶은 것이 있어 온다고 하는데 맞는 것일까? 삶에 쫓겨 바람이 부는 대로 물결이 치는 대로 떠밀려 살아간다. 그러다 인생의 끝에 와 있는 것을 발견하게 되는 것일까? 세월은 소리 없이 뒤에서 밀려왔다 조용히 덧없이 스쳐가 버린다. 그 무상함을 알아차리지도 못하는 경우가 허다하다.

조금 더 젊을 때 더 여유가 있을 때 이 세상에 대해, 내 자신에 대해 한 번쯤 생각해본다면 더 알차고 풍요롭게 살아가지 않을까.

생명과 바꿀 뻔한 오기

생명과 바꿀 뻔한 오기

해발 1,200미터, 전북 장수 팔공산에 밤새 폭설이 쏟아져 온 산이 하얗다. 산 전체가 눈에 덮여 그 흔한 나무조차도 흔적이 없어져 버렸다. 대학을 졸업하고 뒤늦게 군 입대를 하였다. 훈련소에 발령받아 근무하던 중 나이가 많다는 이유로 팔공산 레이다 초소로 전출되어 근무하게 되었다. 이 초소는 직업군인 2명, 통신기사 2명, 일반병 4명 모두 8명 정도가 근무하고 있었다.

오지에다가 중요한 기지가 아닌 관계로 상부의 감독도 별로 없었다. 편하게 근무하기에 좋은 곳이었다. 산 정상까지 자동차도로나 케이블카가 없는 것이 아쉽다. 다만 산꼭대기에서 생활하므로 하급자가 1주일에 한 번 정도 산을 내려가 부식을 지고 올라와야 하는 게 가장 큰 업무 중의 하나였다.

1980년도 연말이었다. 군은 비상근무이다. 초소대장의 배려로 전역이 얼마 남지 않은 고참들을 제외한 졸병 2명의 2박 3일간 외박이 허락되었다. 대신 1월 1일에 귀대하면서 산 아래에서 부식을 메고 들어오기로 하였다. 그곳은 아주 험한 오지로 산허리 부분을 깎아서 도로를 만들어 놓았고 길이 좁고 음지가 많아 평소에도 대형 사고가 많은 곳이다. 그곳을 '비행기재'라고 부른다. 눈이 오면 경사가 심하고 도로가 얼어붙어 자동차 통행이 금지된다.

1월 1일 귀대하려는데 눈이 많이 오는 바람에 노선버스가 전부 끊겼다. 산 아래 마을까지 가기도 어려웠다. 그래서 하루 정도 더 쉴 양으로 초소에 전화하였다.

"눈이 너무 많이 왔어요. 읍내에서 초소로 가는 노선버스가 통행금지 되었어요. 하루 더 있다 올라가도 될까요?"

사정 이야기를 하였으나, 초소장이 무조건 올라오라는 것이었다. 군대 명령이라 투덜거리면서 노선버스가 없어 지나가는 트럭을 얻어 타고 어렵게 팔공산 등산로 밑 동네까지 도착했다.

이미 그곳도 눈이 많이 내렸으며 등산로가 눈에 묻혀 아무도 산에 올라가는 사람이 없었다. 방송에서도 1미터 이상 눈이 쌓였다고 했다. 등산로도 없어졌고 쌓인 곳은 2미터도 넘었다. 오후 2시가 넘어갔다. 겨울 산은 4시 되면 해가 넘어가 깜깜해진다.

초소장은 그 마을에 거주하고 있었다. 초소장의 가족들조차 초소에 전화하여, 눈이 너무 많이 왔고 해가 곧 넘어가 위험하니 여기서 자고 내일 올라가게 하겠다고 하는데도 막무가내로 올라오라는 것이었다.

같이 올라갈 동료병사와 나는 은근히 오기가 생겼다. 오후 3시경 동네 사람들의 만류를 뿌리치고 등에 부식을 지고 산을 오르기 시작했다. 온통 눈으로 덮여있어 길찾기가 어려웠다. 초입은 괜찮았다. 조금 더 올라가니 날이 어두워졌다. 흰 눈이 쌓여 주위는 밝게 보였다.

일 단계는 가파른 오르막길이고 이 단계는 능선을 따라 가고 삼 단계는 마지막 가파른 오르막길로 되어있다. 일 단계 정상은 올라갔다. 정상까지 거리는 많이 남았고 눈이 바람에 쓸려 등산로가 묻혀버려 길이 보이지 않았다. 길 주위 나무들의 키가 작았기에, 눈에 묻혀 길을 찾기 어려웠다. 실수로 발을 잘못 디디면 눈속에 목까지 빠졌다. 걸어서 가기는 어렵고 거북이처럼 엎어져서 한 발 한 발 올라갔다.

시간은 자꾸 지체되어, 3시간 이상 올라갔어도 초소까지 절반도 못 갔다. 초소에서는 낮에 올라간 사람들이 시간이 지났는데도 보이지 않고, 산을 내려다보아도 어두워 우리가 보이지 않자, 겁이 나 초소 직원들 모두를 동원하여 삽으로 길을 내며 내려오고 있었다. 위에서 계속 우리를 부르며 내려왔다. 초소장의 강압으로 무조건 올라오라고 한 것에 대한 앙심으로 계속 대답을 하지 않았다. 그들은 횃불을 만들어 들고 기지에서 내려오고 있었다.

5시간이 넘어갔다. 배도 고프고 힘이 없어 더 이상 나가지 못하였다. 아직도 갈 길은 먼 데 다시 돌아가자니 너무 많이 올라와 돌아갈 수 없었다. 진퇴양난이다. 위에서 부르는 소리에 그때까지 대답을 하지 않았다. 말도 안 되는 오기를 부리고 있었다. 내려간 것으로 판단하고 그들이 그냥 되돌아 가버리면 우리는 기진맥진하고 죽을 수 있었다. 횃불이 가까이 다가오자 그때는 대답을 하지 않을 수가 없어 대답하였다. 초소에서 낸 길 덕에 거기서부터는 쉽게 갈 수 있었다. 기지에 도착하니 밤 10시가 넘었다.

기지에 도착해서는 대답을 하지 않았다는 이유로 녹초가 된 상태에서도 몇 시간 동안 얼차려를 받았다. 위에서 부르는데도 고의로 대답하지 않았다는 이유였다.

"군인이 무슨 말이 많으냐. 무조건 올라오라면 올라올 것이지."

그 말 때문에 오기가 생겨 대답하지 않았다. 그들이 길을 내지 않았다면 힘이 빠져 얼어 죽을 수도 있는 상황이었다. 책임자 입장에서는 비공식 외출이니 올라와야 한다고 했겠지만, 조금 더 설득하여 이튿날 새벽부터 올라갈 수도 있었을 것이고, 처음부터 위쪽에서 부르는 소리에 대답했더라면 그들도 가슴을 쓸어내리는 일은 없었을 것이다.

"생명을 담보로 돌이킬 수 없이 후회하는 무지몽매한 오기는 부리지 맙시다. 생명은 여분이 없거든요."

죽음을 보다

'1,500?'

GOT, GPT 수치다.

나는 사무실에서 근무하다가 갑자기 쓰러져 회사 근처에 있는 영동세브란스병원에 진찰하러 갔다. 포도당 주사나 맞고 가려는 마음으로 병원에 간 것인데 진찰결과가 나빠서 할 수 없이 의사가 시키는 대로 검사 받았고 결과를 보기 위해 대기하고 있었다. 그때는 간에 대한 지식이 전혀 없었으므로 그 숫자가 무엇을 뜻하는지 몰랐다.

20여 년 전 일이다. 당시 30대 후반으로 지방 근무하다가 상경하여 며칠 지나지 않은 때였다. 젊었고 술을 좋아했으나 매일 운동하니 건강은 좋았다. 건강을 믿고 주야장창 술을 마셨다. 매일 회식 아니면, 동료들과 술을 마시는 것이 일과였다. 모처럼 밖에서 맹숭맹숭하게 들어오면 술 생각이 나 집에서 한 잔 하는 나쁜 버릇까지 생겼다. 지방 근무하다가 서울에 돌아온 후 며칠쯤 지난 어느 날이었다. 점심 식사 후 잠시 낮잠을 잤다. 몸이 무거웠다. 전에는 이런 일이 없었는데 책상에 엎어져 의자에서 일어날 수가 없었다.

몸살 같았다. 병원에 가 주사 맞고 돌아올 심산이었다. 그런데 의사가 진찰하면서 이것저것 꼬치꼬치 묻더니 정밀 검사를 하자고 했다. 별일도 아닌데 의사가 돈 벌려고 쓸데없이 검사하자고 한다면서 궁시렁거리며 검사했다.

검사 결과를 본 의사는 지금 당장 입원을 해야 하니 입원 준비하라고 했다.

'아닌 밤중에 홍두깨'라고 밀린 일도 많아 빨리 회사에 들어가야 했다.

"약 먹고 집에 가면 안 되겠습니까?"

의사가 갑자기 큰소리로 "이 양반이 무슨 소리를 하고 있어. 이 사람아, 이대로 두면 당신 죽어."라며 빨리 입원준비를 하라고 했다. 얼떨떨한 심정이 되어 반항도 못해 보고 집에 연락하였다. 몸이 말을 듣지 않으니 시키는 대로 입원하였다. 시골에 연락하여 아버지도 오셨다. '별것도 아닌데 왜 이리 야단법석을 하나'하는 생각을 하였다. 내 얼굴에는 의사의 처방이 불만이라고 쓰여 있었다. 내 건강상 사태의 심각성을 인식하지 못하였기 때문이다.

병명은 급성간염이라고 하였다. 술을 엄청 마셔대면서도 나는 간이 걱정이 되었던지 녹즙기를 이용해 돌미나리즙을 내어 마신 것이 화근이었다.

어쩔 수 없이 입원하였고 '내가 설마 죽어? 이 젊은 나이에?' 말도 안 된다는 생각에 할 일 없이 시간을 보내고 있었다. 특별히 일도 없으니 복도를 어슬렁거리고 있었다.

화장실을 다녀오며 입원실에 들어가려는 순간 아버지와 간호사의 대화를 듣게 되었다. 내용을 들으려고 한 것은 아니나 내 이야기를 하니 듣지 않을 수가 없었다. 우연히 들은 것이 화근이었다. 간호사의 말은

"정확한 것은 아니지만 간 손상이 너무 심해서 예후가 나쁘다고 해요. 이 수치면 의사선생님도 회복에 대하여 자신을 못하고 있어요."

"그럼 죽을 수도 있단 말인가요?"

간호사는 즉시 대답을 피하며 머뭇거렸다.

"저는 잘 몰라요."

종종걸음으로 가버렸다. 뒤에서 아버지를 바라보니 아버지 어깨가 갑자기 '푹' 하고 무너지는 듯 했다. 입원실로 들어오며 나도 모르게 가슴이 막히면서 갑자기 숨이 쉬어지지 않는 것 같았다.

실감 나지 않았다. 오진일 것 같았다. 병아리 같은 어린 딸과 아들이 걱정이 되었으나 부모님과 당시 30대 중반인 아내는 자기 갈 길을 찾아갈 것 같아 걱정이 되지 않았다. '내가 하고 싶었던 것은 어떻게 해?' 하며 입원실 다른 환자들을 보았으나 생명에 지장이 없는 사람들이다. '왜 나만 죽어야 해?' 한심했다.

그러나 내 상태를 알고 있다는 내색은 할 수 없었다. 건강에 대해 걱정하지 않았는데, 갑자기 죽음이라는 단어가 내 앞에 바짝 붙어 있게 되니 생각이 묘하게 변해갔다. 나날이 지옥 같았다. 죽음이란 놈이 나를 사로잡기 시작했다. 아무렇지도 않았던 생각들이 죽음이라는 단어에 속박되며 하루에도 수십 번을 죽었다 살았다 하는 생각에 휘둘리게 되었다. 마음이 천당과 지옥을 오가니 잠을 제대로 잘 수 없었다.

10여 일 동안 병원 생활을 하였으나 10년보다 더 긴 것 같았다. 죽는다는 것이 두렵기도 하고, 생에 미련이 많은 것도 알았으며, 잠이 들면 영화 같은 꿈을 꾸었다. 등에 식을 땀을 흘리며 깨는 것이 부지기수였다. 지옥 같은 날이 계속되고 너무 황당하였다.

아내는 상황의 심각성을 전혀 모르고 있었다. 아버지는 며느리가 걱정할까봐 말을 안 한 것 같았다.

10여 일이 지난 후 퇴원하고 사무실에 돌아갔다. 죽을병에 걸렸다고 보고되니 보직도 한직으로 바뀌었다. 간염은 전염된다고 하여, 잘 지내던 동료들도 피하는 눈치였고, 같이 밥을 먹는 것도 기피했고, 어떤 동료는 노골적으로 화를 내며 다른 곳으로 옮겨 가라고 하며 피하였다.

'아, 사람들 인심이 이렇게 변하는 구나. 그동안 친하게 지냈는데 전염될까 봐 드러내놓고 기피하는구나.'

퇴원하고 건강관리를 시작했다. 술도 끊었다. 매일 구보하며 운동하다보니 3개월 정도 지나자 정상으로 회복되었다. 병원에서는 간염의 원인, 과도한 음주와 약해진 간에 고농도의 녹즙을 마신 것이 원인이라는 결론을 내렸다. 간 기능이 좋지 않는 상태에 고밀도의 녹즙을 마시면 간이 좋아지는 게 아니라 고용량으로 간 기능이 마비된다고 한다. 그런 사례의 사람들이 입원을 하는데 녹즙을 끊으면 괜찮아졌다고 하였다.

참으로 믿을 게 못되는 게 사람의 결심이다. 퇴원하면서 앞으로 절대로 술을 마시지 않겠다고 수없이 다짐하였건만, 얼마 지나지 않아 전과 똑같이 술을 마셔댔고 오랫동안 술을 마시며 세월을 보내고 있었다.

어느 날 술을 마시는 내 모습이 가관이었다. 필름이 끊겼다. 술을 마시는 것이 아니라 술을 들이 부었으며 거의 매일 고주망태가 되어 집에 돌아왔다. 아침에는 술이 덜 깬 상태로 겨우 눈을 뜨고 일어나 출근하고 퇴근시간이면 또 술 생각이 나 다시 마시곤 했다. 술을 미워하면서 멀리하려 하였으나 마음대로 할 수 없으니 술이 무서웠다. 술을 마시지 않겠다고 작심하여도 회식자리에 가면 영락없이 취하였으며 '이러다가 정말 죽겠구나.' 생각이 들어 그때부터 술과의 전쟁을 시작했다. 계획을 세워 실천하기로 했다. 그동안 수없는 실패를 거듭해서 쉬운 일은 아니나 시도라도 해보자는 심정으로 계획을 세우고 손쉬운 것부터 했다.

회식 불참하기, 술잔을 한 번에 마시지 않고 끊어서 마시기, 미리 배 채우기, 모임에 참석하지 않고 퇴근하고 바로 집에 오기 등이 그것이다. 처음에는 마음먹은 대로 실행이 되지는 않았다. 마음을 다스리며 차츰 차츰 술을 절제하게 되었다.

지금은 술에서 벗어나 가끔 기회가 되면 몇 잔 마시는 정도다. 돌아보면 어두운 길 터널을 빠져나온 느낌이다. 얼마 전 아버지 집에 갔었다.

"그때 병원에서 네가 죽을 것이라 하여 애가 죽으면 어디에 묻어야 하나 하는 생각으로 앞이 캄캄했다. 네가 몸 관리를 잘하여 간염도 치료하였다"면서 당시 심각했던 이야기를 하셨다. 당시에 아무것도 몰랐던 아내는 심드렁하게

"그때 정말 그렇게 심각했었어요? 나는 전혀 모르고 있었는데."

남의 집 간장단지 이야기하듯이 하고 거실을 지나 주방으로 가 버렸다.

객기를 부리다가

"꼼짝 마, 손을 머리 뒤로 하고 한 명씩 앞으로 나와!"

군용 헬맷과 M16총으로 무장한 군인 10여 명이 우리 어선에 올라타 총부리를 겨누며 장교가 위압적인 목소리로 명령했다. 전시도 아니고 전쟁영화 촬영도 아닌 실제 상황이었다. 우리 일행은 어리둥절하여 군인들을 쳐다보다가 어쩔 수 없이 손을 머리 위로 올리고 처분을 기다렸다.

우리는 같은 회사에 근무하는 동료들로 테니스동호회 멤버들이다. 가을이 되어 동료직원 10여 명이 부부동반으로 백령도에 낚시 겸 야유회 가는 길이었다. 인천지역에 근무 중인 장철상의 주선으로 백령도를 목적지로 했다. 일정은 장철상이, 필요한 물품은 각자 마련하기로 했다.

서울에 거주하는 우리는 이른 새벽부터 부산하게 준비하여 인천부두에 도착하였다. 해안에는 풍랑주의보가 발효되어 있어, 출발을 못하고 부두에 발이 묶였다. 풍랑주의보가 해제돼야 출항할 수 있다. 꼭두새벽부터 부지런 떨어 이것저것 준비해 왔건만 출항을 못한다니 저절로 한숨이 나오고 가슴이 답답해졌다. 풍랑주의보는 가장 낮은 단계였다. 장철상이 지인을 통해 출항을 위해 뛰어다녔다. 일행은 항구 휴게소에 모여 코가 석 자나 빠져 잡담으로 시간만 죽이고 있었다. 많은 시간이 흐르고 장철상이 "이제 출발합시다."했다.

잘 해결이 된 것으로 알고 배에 올랐다. 바람이 세게 불어 파도는 약간 높았으나 걱정할 정도는 아니었다. 이 정도면 출항해도 괜찮겠지 생각하며 승선했다. 바닷바람을 거스르며 상당 시간 백령도를 향해 갔다. 백령도에 도착해 낚시로 고기 잡아 회와 함께 술 한 잔 하려는 생각에 마음이 한껏 부풀어 있었다. 부인들도 모두 마음이 들떠서 영화 〈타이타닉〉에 나오는 장면을 흉내 내며 뱃전에서 양손을 들어 바닷바람을 맞았다.

그런데 배를 타고 가면서 문득 이상한 느낌이 들었다. 우리 배를 제외하고 주위에 정박하였거나 진행하는 배가 전혀 없었다. 그렇지만 바다 상황을 잘 모르니 우리끼리 재잘거리고 있었다.

출항 후 한참의 시간이 흐른 뒤 마이크 소리가 들렸다. 파도 소리
와 재잘거리는 소리로 내용을 자세히 알아듣지 못했고 관심도 없
었다. 오랜만에 시원한 바닷바람과 광활히 펼쳐진 바다에 마냥
행복했다. 가져온 맥주를 한 잔씩 마시며 해방감을 만끽하고 있었
다.

그때 마이크 소리가 점점 가까워지고 술 마시고 잡담하느라 확
성기 소리에 귀 기울이지 않았는데 장철상의 얼굴이 약간 어두워
져 선장과 심각하게 대화하는 모습이 보였다. 선장과 이야기가
잘 진행된 것 같았다. 배는 앞으로 빠르게 달렸다. 주위에 아무
장애물이 없었으니 망망대해를 우리 조각배만 힘차게 달리고 있
었고 우리는 어느 영화의 주인공 같았다.

배 밖에서는 심각하게 돌아가고 있었으나 우리는 대한민국의
명예스럽고 선량한 국민이 낚시하러 가는 길이니 어떤 두려움이
나 잘못되고 있다는 생각은 없었다.

배는 2-3톤 정도의 어선으로 보트 엔진을 장착하여 빠른 속도
로 질주할 수 있었다. 마이크 소리가 계속해서 따라왔으나 신경
쓰지 않고 그 넓은 바다에 백령도가 있는 북쪽으로 힘차게 전진하
고 있었다. 빠른 쾌속정의 상쾌함이란 말 할 수가 없을 정도로
청량했다. 갑자기 앞에 커다란 철선이 보이고 그 배가 가로막는

느낌이 들었다. 마이크 소리는 그 철선에서 나왔다.

"앞에 오는 배 정지하라."

반복적으로 방송하였다. 술을 마셔 기분이 좋은 상태였고, 우리와는 상관없는 일이니 그 옆으로 돌아 빨리 가자고 선장을 부추기고 있었다. 배를 바라보니 커다란 군함이었다. 군함에는 무장한 군인들이 승선해 있었으며 우리 배를 밀칠 듯이 가로 막으며 마이크로 소리를 질렀다.

"이 배는 우리가 인도할 테니 따라오시오."

상황이 상당히 심각하다는 생각을 하지 않았다. 잘못한 일 없으니 문제가 없었다. 거대한 군함을 가까이 보며 신기한 듯 쳐다보고 있었다. 군함은 우리 배를 근처 작은 무인도로 강제로 밀어붙여 부두에 정박하게 하였다. 무장한 군인들을 태운 작은 배가 부두로 들어왔고 군인들이 총을 겨누며 위협하였다. 처음에는 장난이거나 몰래카메라 촬영인가 하였다. 그런데 장난으로 벌어지는 상황이 아닌 것 같았으며 심각한 상황으로 보였다. 군인들은 선장과 대화를 하고 있었으며 상당히 고압적이고 무례했다. 선장은 안절부절못하면서 머리를 조아리고 있었다.

군인들은 우리들을 무인도에 강제로 하선시킨 다음, 우리를 한 곳에 모아 감금하고 연신 무전 교신을 하며 2시간여를 구금하였

다. 우리 신원에 대해 조사하고 확인하였다. 오후가 되면 귀경해
야 하는데 무인도에 갇혀 할 일 없이 시간만 죽이고 있으니 한심
하고 울화가 치밀었으나 어쩔 수가 없었다.

당시는 군 출신 대통령 시대라 군인들의 서슬이 퍼렇던 때다.
군에 끌려가 죽거나 고문 받거나 폭행당해 바보나 병신이 되는
경우가 있었다. 선량한 10여 명의 국민들을 정부에서 어떻게 하겠
느냐는 생각이 들었다. 여럿이 한꺼번에 당하는 군중심리가 위안
이 되기는 하였다. 그래도 슬슬 겁이 나기 시작했다. 군인들의
이야기를 주의 깊게 들어보니 우리가 북한으로 도주하는 선박으
로 보고, 정선하라고 방송을 하였으나 듣지 않고 빠른 속도로 북
으로 가고 있어 간첩선으로 간주하고 계속 정지하지 않고 북방한
계선 근처까지 가면 발포하라는 명령을 받았다고 하는 게 아닌가.

모골이 송연하였다. 단지 낚시하러 직원들과 가족이 모여 백령
도에 가기로 하였으나 파랑주의보 때문에 조금 무리를 하여 배를
타고 갔을 뿐인데, 웬 북송?

신분이 국가를 수호하는 중추기관인 공무원임에도 우리를 간첩
으로 오해하고 발포하여 침몰시키려고 하였다니.

서슬이 퍼런 눈을 부라리는 무장 군인들에게 대놓고 이런 항변
을 할 처지가 아니었다. 군인들이 하라는 대로 말 잘 듣는 어린아

이처럼 다소곳이 앉아 처분만 기다렸다. 이일이 문제가 되어 회사에 통보되면 경위는 고사하고 시말서에 징계까지 기다리고 있을 처지다. 앞길이 캄캄해지고 쓸데없는 객기를 부린 결과가 참담한 결과가 될 수 있다는 생각이 미치자 마음이 무거웠다. 무인도에 갇혀 있던 지루한 시간이 흘러갔다.

무거운 침묵과 어두움이 짓눌린 상태로 얼마의 시간이 흘렀는지 장교 한 명이 우리에게 다가와서

"이제 돌아가도 됩니다. 지금 데모가 심하여 국가 위기상황입니다. 게다가 남북이 서로 으르렁거리는 이런 상태에 국가의 기둥이 되는 분들이 이런 철없는 일을 벌일 수 있습니까? 신분 확인이 되었으니 돌려보내겠습니다. 조금만 더 북쪽으로 올라갔으면 배를 침몰시키려고 하였습니다. 파랑주의보로 아무 배도 출항을 못하는 상황에 출항을 제지하는 것을 무시하고 쾌속정으로 빠르게 북쪽으로 달려가니 가만히 둘 수가 있겠습니까. 일단은 발포하려고 하였습니다."

우리를 한심한 눈으로 쳐다보았다.

백령도에는 가보지도 못하고 군함을 뒤로하고 배를 타고 항구로 돌아온 우리는 비 맞은 닭과 같았다. 모두들 입을 꾹 닫고 아무 말도 하지 않은 채 서로 눈치만 보았다.

“모처럼 짬을 내서 야외에 나왔으니 시무룩하게 앉아 있을 것이
아니라 술이나 더 하자.”

술잔을 주고받으며 시끌벅적했다.

망가진 일정 때문에 오랜만에 부푼 꿈을 안고 이른 새벽부터
준비해 멀리까지 왔다. 기분을 날려버린 부인들의 눈에는 불꽃이
튀고 있었으니.

배드민턴 매력

"타아앙, 얏, 하하, 아이쿠!"

인근 고등학교 실내체육관에서 들리는 소리다. 아직 주위는 컴컴한데 새벽의 공기를 가르는 소리가 상쾌하다. 꼭두새벽에 불을 하얗게 밝힌 배드민턴장에서 들려오는 동호인들의 즐거운 비명이다.

사람들이 잠자는 새벽 시간임에도 새벽잠을 조금 덜 자고 일어나 근처 체육관에서 게임을 즐긴다.

사람은 개성이 다르고, 운동도 각각 개성이 있다. 나는 키도 작고 날씬한 몸매도 아닌 덕에 어릴 때부터 운동은 적성에 맞지 않았고 관심도 없었다, 운동을 못하니 관심 밖이었다. 오르지 못할 나무를 쳐다보지도 말라고 운동은 쓸데없는 것이라고 치부하고 운동할 생각조차 하지 않았다. 그러다가 우연히 배드민턴을 하게 되었다.

10여 년 정도 테니스를 하여 왔으나 새로 이사 간 곳에는 테니스 코트가 없어서 어떤 운동을 할 것인가 찾고 있다가 아파트 뒷산 공원에서 배드민턴 하는 것을 보고 시작해 보기로 마음먹었다.

네트를 사이에 두고 셔틀콕을 치는 것을 보니 쉽게 배울 것 같아 라켓을 준비하고 코트에 갔다. 그런데 배드민턴을 막상 시작해 보니 생각처럼 쉽지 않았으며, 셔틀콕이 바람에 날려 라켓에 잘 맞지 않았다.

그곳에 있던 코치가 "배드민턴은 실내운동이므로 근처 수서체육관 실내코트에서 정식으로 배우는 것이 좋을 것 같네요." 했다.

근처 수서체육관으로 갔다. 그곳에서 운동하는 것을 지켜보니 하얀 운동복이 멋지게 보이고, 탕~탕 소리를 내며 라켓으로 공을 내려치는 것을 보고 반했다. 점프를 하면서 위에서 아래로 내리꽂는 모습도 멋있었다. 그래서 배드민턴과 인연이 맺어졌다.

배드민턴하기로 마음먹고 수서체육관에 있는 '강남클럽'에 가입하여 본격적으로 배우기 시작했다.

배드민턴을 제대로 치려면 콕을 멀리 보내야 한다. 셔틀콕은 깃털이 달려있어 공을 치면 처음에는 굉장한 속도로 날아가나 중간에 깃털의 공기저항으로 속도가 떨어진다. 그래서 제대로 배우지 않으면 세게 쳐도 공이 멀리 날아가지 않고 '피식' 하며 근처에 떨어진다. 오랫동안 운동해온 고수들은 우선 라켓과 공이 부딪치는 소리가 '탕 탕'거리며 맑은 소리가 난다. 단단히 마음먹고 열심히 하려고 하나 얼마 되지 않아 실망한다.

그래서 정식으로 레슨 받으며 배운다. 한번에 10-20분정도 레슨을 하나, 쉬지 않고 움직이므로 온몸에 힘이 빠져 버릴 정도로 체력 소모가 많다. 레슨은 일 년여 정도 받아야 기반이 만들어진다. 손목 스냅을 이용하여 순간적으로 뻗쳐야 소리도 청아하고 콕도 멀리 나간다. 이치를 모르면 멀리 나가지 않는다. 코치가 알려줘도 처음에는 몸에 반응이 안 된다. 몇 달 동안 연습하다보면, 차츰 운동의 묘미도 알아지며 슬슬 재미도 붙는다.

동호회에서 적응해가는 몇 가지 단계를 거친다. 실력이 좋은 상위 그룹들은 속칭 '텃세'라는 것이 있다. 이들은 실력이 비슷한 사람들끼리만 어울린다. 구기 종목은 팀 중 한쪽이 기울면 재미가 없으니 같이 어울려 주지 않는다. 처음 배울 때는 제일 만만한 상대가 나이 드신 할머니 그룹이다. 오랫동안 게임을 해 기교는 좋으나 힘이 부족하니 상대가 된다. 몇 달 동안 같이 게임을 하다보면 실력이 비슷해진다. 그 그룹을 벗어나 아줌마 그룹들과 상대를 한다. 다음은 조금 더 나은 그룹과 게임 상대를 한다. 단계를 거치면서 실력을 늘려나가고 상위 그룹에 안착한다.

운동신경의 발달 정도에 따라 그 수준이 결정된다. 2-3년 정도 지나면 배드민턴의 매력에 빠져서 평생을 하는 경우가 많다. 동호회의 텃세 때문에 얼마 안 가 그만 두는 경우가 많은데 그 시련을 견뎌야 안착을 할 수 있다.

회자되는 말 중 배드민턴은 3락(3탁)이라고 한다, 첫 번째는 라켓으로 콕을 치는 순간 '탕' 소리의 경쾌함과, 팔에 밀려오는 짜릿한 감촉이 낚시할 때 느껴지는 '손맛'과 비슷하다. 두 번째는 땀이 옷을 흥건히 적시는 경우가 많아 목욕탕에 '탁' 들어가는 재미가 있다. 마지막은 게임을 마친 후 동호인들과 맥주를 '탁' 하고 마시는 재미가 세 번째라고 말한다. 그러나 이 운동의 이점이 이것뿐이겠는가.

배드민턴은 접근성이 좋다, 인근 학교나 공원체육관을 구장으로 사용하고 있다. 이 운동은 쉬지 않고 움직여야 하므로 운동량이 많다. 바쁜 사람들에게 건강을 위하거나 비만 예방에 좋다. 실력이 궤도에 오르면 비슷한 상대들과 게임을 하며 즐겁게 하루를 시작한다. 하루하루가 상쾌하여 기분 좋은 시간을 보낼 수 있다.

또한 시간과 장소에 구애를 받지 않는다. 배드민턴은 비가 오나 눈이 오나 바람이 불거나 구애를 받지 아니한다. 전용구장에서 밤늦게까지 불 켜놓고 운동해도 수면방해 한다는 주민들의 민원이 들어오지 않는다.

늦게까지 술을 마시고 들어오는 이튿날 새벽 기상이 만만하지가 않으나, 이불속에 뭉그적거리지 않고 이불을 박차고 일어나 운동해 보라. 게으름에 밀려 이불과 친구하다 출근하는 날은 하루 종일 몸이 찌뿌둥하다. 이불 속의 달콤함을 잠시 물리치고 일어나 체육관에 나가 운동을 하면 하루가 충만하고 행복하다.

물론 쉽게 얻어지는 것은 없다. 6개월이 고비다. 고비만 넘기면 재미가 붙는다. 그 후에는 시키지 않아도 스스로 운동하여 평생 즐기면서 산다.

"탕!" 소리와 함께 하얀 셔틀콕이 하늘을 가른다.

아차

"이번에 하차하실 곳은 서현역입니다."

하차 방송을 듣고 버스에서 내렸다. 방금 내린 33번 시내버스가 굉음소리를 내며 출발했다. 뭔지 모르지만 느낌이 이상하다. 말 못할 불안한 생각이 떠나지 않았다. 기분이 찝찝하다. 습관적으로 호주머니를 만져보았다. 허전하다. 뭐지? 하는 생각과 함께 바지주머니에 항상 가지고 다니던 그 물건 나의 비서격인 휴대폰이 손에 잡히지 않았다.

도로를 바라보았다. 그 버스는 벌써 저만큼 달아나고 있었다. 몇 발자국 뒤따라 뛰어보았으나 달아나는 버스를 따라 잡는다는 것은 불가능하였다. 멍하니 달려가는 차의 뒤꽁무니를 쳐다보고 있노라니 머릿속이 새하얗다.

며칠 전 바지주머니 깊이가 너무 낮아, 넣어둔 물건이 자꾸 빠졌다. 바지주머니가 부실하니 수선을 하려고 하였으나, 차일피일 미루다 이런 사단이 난 것이다. 이 모든 일이 나의 게으른 탓이다.

휴대폰은 새로 장만을 해도 된다. 그러나 휴대폰 안에 저장되어 있는 연락처와 여러 가지 자료를 잃어버린다. 휴대폰만 믿지 말고 다른 곳에 별도로 저장해 놓았으면 좋았을 것이다. 휴대폰을 잃어버린다는 생각을 하지 못하고, 별도로 백업을 하지 않았으니 이런 낭패를 보게 되었다.

'이제 어떡하지?' 깊은 절망감에 휩싸였다. 휴대폰을 되찾기 위해 뭔가 방법을 연구해야 하나, 어쩌나 딱히 할 바를 몰랐다. 마음이 뒤숭숭하고, 여러 생각이 한꺼번에 불쑥불쑥 튀어나왔다.

이럴 때 내가 잘 사용하는 방법이 있다. 일단 단전에 힘을 주고 심호흡을 하였다. '택시를 타고 갈까 아님 더 기다렸다 같은 번호 버스를 타고 가면서 사정이야기를 해 볼까' 머리를 빠르게 굴려보았다.

택시를 타고 따라가려고 하였으나 정류장에 택시가 보이지 않아 포기했다. 두 번째 방법인 같은 번호의 다음 시내버스를 기다리기로 했다. 같은 회사 버스니까 무슨 방법이 있겠지 하는 마음이었다.

평소에는 자주 보였던 33번 버스가 바로 오지 않았다. 조바심으로 한참을 기다리는데 가슴이 두 근 반, 서 근 반 했다. 이윽고 같은 번호 버스가 보였다. 버스를 올라탔다. 올라 탄 후에 젊은 기사에게 천천히 전후사정 이야기를 하려고 생각했으나, 조급하여 속사포 쏘듯 두서없이 중언부언 설명하였다.

심각하게 설명하고 있음에도 기사는 무덤덤하게 듣고 있었다. 못 알아들은 사람처럼 운전만 했다. 마음이 급해 죽겠는데 가타부타 말하지 않고 가만히 있는 기사가 야속했다. 거기서 찾을 수 있는 중요한 끈을 놓칠 수가 없어 눈치만 보고 기다렸다. 이런 일을 많이 겪었는지 운전하면서 휴대폰으로 이리저리 전화를 했다. 한참동안 운전만 하며 아무 말도 하지 않았다. 마음은 급한데 자꾸 물어 볼 수 없어 하릴없이 기다렸다. 몇 정거장을 지나갔다. 기사가 보자고 했다.

"다음 정거장에 내려 맞은편 정류장에서 기다리면 33번 버스가 올 것입니다. 그 버스를 타십시오. 기사가 가지고 있답니다."

다급한 생각에 버스가 정차하자마자 뛰어 내려 한달음에 길을 건너갔다. 조급하니 바로 옆에 횡단보도가 있음에도 무단횡단했다. 건너편 정류장에서 버스를 기다렸다. 마음이 급하니 버스가 오지 않았다.

얼마를 기다리니 기사가 알려준 버스가 왔다. 버스에 올라타 보니 기사 옆 유리창에 빨간 케이스 핸드폰이 환하게 웃는 모습으로 놓여있었다. 반가운 듯 윙크 하는 것 같았다. 헤어진 애인을 만난 것 같았다. 그렇게 반가울 수가 없었다. 얼른 가서 껴안아 주고 싶었다. 말로 표현할 수가 없을 정도였으며 희열이 머리부터 발끝까지 밀려왔다. 그동안 답답하던 것이 언제 그랬냐는 듯이 사라지고 가슴에 안도가 느껴졌다.

마음은 참으로 믿을 게 못 된다. 휴대폰을 보고 안심이 되자 그때부터 사례금 걱정이 되었다. 못 찾을 때는 찾아만 주면 얼마라도 줘도 아깝지 않다고 생각하였다. 막상 찾고 보니 마음이란 놈은 벌써 얼마를 줘야할지 계산을 하고 있었다. 법적으로는 5~20%를 준다. 지갑을 열어보니 만 원권 10장과, 천 원권 몇 장이 들어있었다. 10만원을 꺼내 사례금으로 주면서

"정말 감사드립니다. 중요한 연락처가 있어서 저에게 중요한 것이거든요."

그러나 기사는 고개를 살래살래 흔들며 거절했다. 엉거주춤하게 서 있었다. 승객이 보고 있는 상태에서 막무가내로 들이밀 수가 없다.

"정말 고맙습니다."

인사하고 차에 내려 돌아왔다. 30여 분을 동동거리며 우왕좌왕할 때, 두 버스의 젊은 기사들의 도움으로 핸드폰을 되찾았다.

고마운 마음에 선행을 올리려고 독자투고란을 찾아보았으나 찾기가 쉽지 않았다. 교통방송에 선행 소식을 올리고 싶었으나, 절차가 복잡해 쉬운 일이 아니었다. 사람은 망각의 동물이라고 차일피일 미루다 선행 투고조차 못했다.

집에 도착하자마자 휴대폰 안에 있는 주소록 동영상 녹음 등 중요한 자료를 컴퓨터에 백업시켰다. 바지 호주머니도 보수하였다.

아직은 세상에 좋은 사람들이 많다. 그래, 오늘 기분이 최고다.

누나와 엄마 사이

"엄마, 내 신발 어디 있어?"

창밖이 어스름한 새벽녘이다. 집근처 실내골프장 복도에서 신발을 갈아 신는 중에 옆 벤치에 있던 남녀가 하는 대화였다. 남자아이는 초등학생 또래의 사내아이이고, 젊어 보이는 여자와 이야기를 하고 있었다. 나는 신발을 갈아 신고 일어나 연습장 안으로 들어가려다가 되돌아보았다. 두 사람을 보면서 오누이가 새벽부터 운동하러 나오는 것을 기특하게 여기고 있었던 터였다. 그들 대화가 갑자기 누나가 아닌 '엄마?'라고 하여 그 여자를 바라보았다. 그녀의 얼굴을 몇 번 본 적이 있다. 나이가 30대 초반 정도로 보였다.

"이분이 누나가 아니고 엄마야?" 하고 사내아이에게 물어보았

다. 둘이서 약속이나 한 듯 쳐다보았다. 여자 분이

"제가 이 아이 엄마예요. 제 나이가 얼마정도로 보여요?"

내 눈을 빤히 쳐다보았다. 순간적으로 당황하였다. 그렇다고 마냥 머뭇거릴 수가 없어 내가 생각한 나이보다도 조금 더 낮추어 대답하였다.

"30세 정도요."

내가 생각한 나이보다도 조금 더 낮추어 대답하였다.

"저는 45세여요. 지금까지 저를 동안이라고 하는 소리는 처음 들어보았어요." 갑자기 그녀의 얼굴이 환해지며 그녀의 얼굴이 환해지며 코맹맹이 같은 상쾌한 목소리 느낌을 받았다.

"운동 많이 하고 가세요. 저희는 먼저 가겠습니다."

그들은 집으로 가고, 나는 연습장 안으로 들어가 스윙연습을 하였다. 대화 내용은 연습장에서 운동하면서 머릿속에서 사라졌다. 그 모자 일행은 매일 연습장에 나오지 않고 일주일에 2-3번 정도 나오는 것 같았다. 다음 날 골프연습을 하던 중 모자를 또 보았다. 전날 대화를 하였던 생각이 떠올라 이번에는 그녀의 얼굴을 자세히 보게 되었다. '아뿔싸!' 전에는 무심코 보아서 30대 초반의 얼굴로 보였는지, 그 여인의 얼굴을 보니 나이가 들어 보이는 것이 아닌가. 그 녀가 말한 40대 중반으로 보였다. 내 눈을 의심했다. 사람의 눈이 이렇게 믿을 게 못 되는 것인가? 하는 생각이 들었다. 그동안 그들이 오누이라고 상당 기간 생각하고 보았다.

그런데 이렇게 다르게 보이다니, 사람은 항상 착각 속에서 사는 것 같았다. 처음에 30대라고 말해 놓고는 갑자기 40대 중반으로 보인다고 말을 바꾼다면 조금은 민망한 일이다. 그녀가 얼마나 실망할까. 아침마다 만나는 광경에 어찌해야 할지 난처하게 되었다. 아들을 골프 영재로 키우는 중이라고, 등교하기 전에 연습하여야 하므로 남들보다 일찍 연습장에 들어온다. 그곳에서 레슨 받고 끝나는 대로 귀가하는 사람들이었다. 내가 운동하러 나올 시점에 그들은 귀가하는 시간인 경우가 많았다.

문제가 발생했다. 혼자만의 생각인지 모르나 그녀에게 동안이라고 말한 것 때문인지 내게 너무 친절한 것이다. 그녀를 처음부터 잘못 본 내 입장에서는 부담스럽지 않을 수가 없었다. 사실은 잘못 보아 거짓말을 하고 있는 것이 아닌가. 별다른 노력이 들지 않고 상대방 기분 좋게 하는 것인데.

"제가 다시 얼굴을 다시 자세히 보니 동안이 아니고 나이가 많이 들어 보이네요. 제가 처음 잘못 보았네요."

하면서 동안이 아니라고 말하기는 쉽지 않다. 연습장에 갈 때마다 얼굴을 마주치는 경우가 많아지니 마음속에 부담이 되었다. 부담을 피하기 위해 애써 그들을 피하였다. 실체를 알고 난 후부터는 거짓말을 자꾸 반복할 수도 없고 사실대로 밝힐 수도 없으니 난감할 따름이다. 신중하게 생각하지 않고 한 말과 행동으로 발목이 잡혔으니, 스스로 도끼로 발등을 찍은 셈이다.

그 후에는 연습장에 들어가면서 그들 모자가 보이는지 먼저 둘러본다. 그들이 보이지 않으면 가슴을 쓸어내리며 신발을 갈아 신고 연습장 안으로 들어간다. 반면에 그들이 보이면 평소 다니던 입구를 피하여 반대편 입구로 비잉 돌아서 들어간다. 말 한마디 잘못한 책임으로 무슨 큰 범죄를 저지른 사람처럼 슬슬 피해 다니는 모습이 우스꽝스럽기도 하다. 내가 덩치도 더 크고 골프 실력도 더 좋은데 왜 이리 피해 다니는지 모르겠다.

오늘도 새벽부터 일어나 힘차게 일어나 연습장으로 호기 있게 들어갔다. 그들이 눈에 보이자 못 본 것처럼 눈을 얼른 돌리고 앞에 가는 회원을 부르며 재빠르게 뛰어 간다. 무슨 중요하게 할 이야기가 있는 것처럼 뒤따라가며 큰소리로 떠들면서 같이 걸어간다. 그녀는 벌써 얼굴에 웃음꽃이 피며

"어머 안녕하세요. 운동 재미있게 하고 가세요."
하며 기분 좋은 얼굴로 인사한다.

"오, 주여! 어찌 하오리까."

삐딱이와 배불뚝이

불곡산과 탄천 사이에 위치한 전에 살던 아파트는 20여 년 전 건축되어 낡은 편이다. 아파트를 지을 당시에 심었던 나무들이 크게 자라 울창하여 숲속에 사는 것 같다. 가까이 보이는 불곡산 자락은 편안한 느낌을 주고 옆쪽으로는 잘 가꾸어진 탄천이 자리를 잡고 있어 사람들이 산책하고 운동을 한다.

단지에 경비원 몇몇이 근무한다. 전에는 젊은 경비원들로 인원 수도 많았다고 한다. 요즘은 규모를 줄이며 숫자도 줄었다. 대다수 경비원의 나이가 지긋한 사람들이다. 경비를 절약하려는 목적일 것이다.

그 중 눈에 띄는 2명의 경비원이 서로 다른 캐릭터로 살아가는 것을 흥미롭게 바라본다.

한 분은 키가 자그맣고 코도 빈대코처럼 납작하다. 모자도 항상 반듯하지 않고 옆으로 삐딱하게 쓰고 다닌다. 시간이 될 때마다 우편물 각 가정에 손수 배달해 준다. 한가하게 앉아 있는 경우는 거의 없다. 주위 청소를 솔선수범하여 한다. 인사도 먼저 건네고, 주민에게 싹싹하게 대하며 항상 싱글벙글 웃는 '삐딱이 아저씨'다.

또 한 분도 키는 비슷하여 땅딸막하다. 덩치는 크고 얼굴은 새까맣다. 배가 불뚝 튀어 나왔으며 코가 크고 항상 킁킁대며 비대한 체구다. 몸이 불편한 듯 얼굴은 불만이 가득 차있다. 힘든 몸을 이끌고 어슬렁거리며 다니는 '배불뚝이' 아저씨다. 배불뚝이 아저씨는 평소 말없이 경비실에 앉아 있는 편이다. 주민들과 접촉조차 별로 없다. 주민이 말 붙이기가 어렵다고 한다.

'어쩌면 저렇게 다를까' 가끔 생각해 본다.

젊은 시절에 다른 곳에서 다른 삶을 살았을 것이다. 나이 들어 직업을 갖다 보니, 같은 아파트에서 경비원으로 일한다. 어떻게 살았든, 지금은 같은 일을 하고 있으면서 많은 부분이 대비된다. 경비실에 볼일이 있으면 삐딱이 아저씨가 근무하는 날에 간다. 친절하게 모든 것을 격의 없이 대해주니 마음이 편하다. 시간이 급하여 배불뚝이 아저씨가 근무할 때 경비실에 가 궁금한 점을 문의하면, 대답도 제대로 해주지 않고 얼굴도 보지 않고 찡그린 얼굴을 하고 있어 언짢은 마음으로 돌아선다.

자기 일을 부정적으로 받아들이며 반발하는 듯한 태도를 취하는 배불뚝이 아저씨보다는, 긍정적으로 받아들이는 '삐딱이 아저씨'가 훨씬 행복하겠구나 여겨진다.

얼마 전 배불뚝이 아저씨에 대한 이야기를 들었다. 배불뚝이 아저씨는 서울 강남에서 중견사업체를 운영하다가 사업 부도로 모든 것을 잃었다고 한다. 가족도 뿔뿔이 흩어지고 집까지 경매가 되어 쫓겨났으며 후유증으로 상당기간 술로 세월을 보내 건강이 많이 악화되었단다. 가족들과 친구들이 등을 돌려 세상을 원망하며 아픈 몸을 이끌고 입에 풀칠하여야 하는 딱한 사정이라고 한다. 주위에 아무도 없이 혼자 고시원에 기거한다고 한다.

세상을 원망하며 주위 사람들과 거리를 두고 어둠속에 숨어 사는 듯한 그가 안타까웠다. 지나간 세월은 돌이킬 수 없는 것을 그 향수에 젖어, 자기의 나머지 인생마저 세상을 원망하며 소비하는 것 같다. 경비원 사이에서도 외톨이다. 기분 좋지 않은 소리를 하면 고슴도치가 덤벼들 듯 소리를 지르며 으르렁거린단다.

삐딱이 아저씨는 중소기업의 직원으로 근무하였다 한다. 솔선수범하고 직원들을 보살펴 주어 사이가 좋았으며 아저씨를 싫어

하는 사람이 없었다고 한다.

주민들에게서 관리사무소에 배불뚝이 경비원을 교체해 달라는 민원이 들어왔다고 하였다. 나도 오며가며 배불뚝이 아저씨와 대화하고 싶었으나 주민과 거리를 두려는 듯한 태도 때문에 감당할 자신이 없어 힐끔거리기만 하였다.

어느 날부터 경비실에 배불뚝이 아저씨가 보이지 않았다. 대신 키가 조금 크고 깡마른 체구의 다른 아저씨가 경비실에 앉아 있다.

최근에 항상 걸리적거리는 배불뚝이 아저씨 뱃살이 약간 빠져 보여 건강을 위해 다이어트 하여 건강이 좋아진 것으로 생각했다. 내일이면 나올까 하는 생각으로 기웃거렸다. 출퇴근하며 경비실을 쳐다보았으나 며칠 동안 계속 보이지 않고 다른 분이 대신 앉아있었다. 갑자기 불길한 생각이 들었다. 나이 드신 분이 갑자기 살이 빠지거나, 모습이 보이지 않으면 나쁜 소식을 전해들은 경우가 많았기 때문이다.

혹시나 이 세상을 떠난 것이 아닌가 하는 두려움이 앞을 가렸다.

"전에 근무하던 아저씨 요즈음 안 나오시네요?"

키 큰 아저씨는 바로 대답을 못하고 머뭇거리면서

"저도 잘 모르겠네요."

대답하기 곤란하다는 듯한 느낌을 받았다. 내 등 뒤에 삭풍이 불어 왠지 허전한 느낌이 다가왔다. 왜 내가 상관없는 사람에 대해 신경 쓰나 하는 생각에 입맛을 다신다.

생각해 보면 삐딱이 아저씨는 부지런하고 날렵하여 몸이 건강하고, 배불뚝이 아저씨는 몸이 아픈 것 같았다. '치료가 불가능할 만큼 아픈 것은 아닌가. 그래서 경비실조차 나오지 못하나' 생각이 머리를 스쳤다. 몸이 불편해 불만 있는 것같이 보이는 것을 긍정보다는 부정적으로 보인다고 속으로 비난했던 게 후회가 되었다.

항상 웃는 그 삐딱이 아저씨는 지금도 웃으면서 아파트를 누비고 다니고 있고, 주민들 중에서는 그 아저씨에게 떡도 가져다주는 등 주민들과 소통이 잘 되고 주민들을 항상 기쁘게 해주고 있다.

누구나 자기 자리에서 그에 걸맞게 맡은 바 일을 잘하다보면, 자신 뿐 아니라 주위 사람들까지 행복할 수 있을 것이다.

'배불뚝이 아저씨'가 눈에 보이지 않아 혹시 돌아가시거나 아니면 중병에 걸려 어느 요양원에 가있는 것이 아닌가 하는 기우가 생긴다. 열심히 일하며 밝은 모습으로 항상 건강하고 행복하게 오래오래 사셨으면 하는 바람이다.

시외버스 출근

"지갑, 핸펀, 자동차 키."

아침부터 출근 준비하느라 부산하다. 항상 챙겨보는 항목들이다. 요즈음에는 바쁘기도 하지만 자꾸 건망증이 생기는 것 같다. 항상 손으로 호주머니를 만지며 이 물건들이 잘 들어 있는지 살피고, 물건들이 있으면 하루 보내는데 큰 어려움은 없다. 며칠 전 출근 시간에 쫓겨 부리나케 서두르다 지갑을 놓고 오는 바람에 출근용 버스를 타지 못해 곤경에 빠진 후부터 생긴 습관이다.

추운 겨울이니 코트까지 껴입고 마스크에 모자까지 쓴 후 길을 나선다. 시외버스터미널까지 탄천으로 걸어 출근하다보니 더 챙길 것이 많아졌다. 전에는 아파트에서 터미널까지 시내버스를 이용했다. 거리가 조금 길면 별다른 생각 없이 대중교통이나 자가용을 이용하는 것이 습관이다. 탄천 길에는 생각보다 많은 사람이 걸어서 출근한다. 버스 대신 20여분을 걸어보았다. 신선하고 기분이 좋았다.

"바로 이것이야!"

그 후 아파트에서 터미널까지 탄천 따라 걸어간 후 시외버스를 타고 인천 사무실로 출근한다.

생각이 아이러니한 경우가 많다. 출근은 일이지 운동이라 생각을 하지 않는다. 나도 건강을 위해 새벽부터 체육관에서 1시간 정도 배드민턴을 한 후 돌아와 샤워하고 출근길에 나선다. 출근 시간에 걷는 것은 운동이라는 생각 안하고, 운동은 체육관이나 공원에서 해야 하고 출근하며 걷는 것은 별개라고 생각한다. 생각이 출근하려고 걷는 일은 운동이 아니라 생각하므로 만원버스로 출근하는 일을 반복한다. 그러나 탄천 따라 걸어 출근하니 상쾌하여 잃는 것보다 얻는 것이 더 많다는 것을 알았다.

탄천에 내려서는 순간, 탁 트인 전경이 마음을 쾌적하게 한다. 펼쳐진 잔디밭, 흐르는 물과 산책로가 뻗어 있다. 그 길을 걷다보면 별스러운 사람들을 만난다.

출근시간에 밀려 엉덩이를 씰룩거리면서 바쁘게 걸어가는 아줌마, 추운 날씨에 온몸을 감싸고 눈만 보이게 모자까지 둘러쓰고 자전거 타기에 열심인 젊은 청년, 강아지 끌고 산책하는 노부부도 만난다. 아침부터 무거운 가방 덕에 축 늘어진 어깨로 등교하는 여고생도 보인다. 귀에 이어폰 꽂고 앞만 열심히 보면서 걸어가는 50대 건장한 남자도 만난다.

　그들의 곁을 스쳐가며 곁눈질로 구경한다. 어떤 때는 미소 짓고, 어떤 때는 입을 삐쭉거리면서 실실거리다 보면 벌써 터미널에 도착한다.

　시외버스를 이용하면 잔잔한 재미가 있다. 좋아하는 자리를 잡는 것이 계절에 따라 다르다. 여름에는 햇볕이 들어오지 않는 방향이 좋은 자리이다. 겨울에는 물론 반대로 햇볕이 들어오는 자리가 좋은 자리다. 운전석 옆 앞자리는 시야가 트여 구경하기에 좋다. 그곳에 앉아 이것저것 구경을 하다보면 지루하지 않은 여행을 한다. 주로 노인네들이 자주 앉는 것 같다. 타고 내리기 쉽고 시야가 좋은 덕이리라. 사고 발생 시에는 위험성이 있어 반드시 안전벨트를 매야하는 번거로움이 있다. 앞쪽은 운전기사 취향에 따라 다르나, 보통의 경우 기사는 라디오를 크게 틀어놓아 시끄럽다. 조용한 것을 즐기려면 뒤쪽으로 앉아야 한다. 출근 시간에 쫓기는 경우에는 앞에 타야 한다. 몇 초라도 아끼려면 정차하자마자 그대로 튀어 나가야 하니까. 뒤쪽은 조용하니 느긋할 때 안성맞춤이다.

간이정류장에 도착하면 승객이 승차한다. 나는 옆 좌석에 가방을 놓고 자는 체한다. 좌석이 여유 있는 편이나 어떤 사람은 뒤쪽에 여유 좌석이 많음에도, 굳이 승객이 앉아있는 옆 좌석에 앉기 때문이다. 당연한 그 승객의 권리이련만 옆에 앉아 있던 승객의 얼굴에는 불편한 기색이 드러난다. 나도 그렇다. 내 옆자리는 내 자리가 아님에도 다른 사람이 앉으면 왠지 손해 보는 느낌이다. 젊은 아가씨이면 좋지만 덩치 큰 남자가 앉으면 그날은 기분이 별로다. 그 사람 때문에 즐겁고 편안한 나의 휴식을 망친다고 생각하기 때문이다. 속으로 불평불만인 나를 보고 실소를 짓기도 한다. 나만 생각하는 이기심이리라. 중간 정류장에서 많은 승객이 탔음에도 내 옆 좌석이 빈 좌석이 되면 기분이 좋다.

좌석에 앉은 후에 우선 차창 커튼을 걷고 차창 밖을 바라본다. 버스가 시끄럽고 복잡한 시내를 벗어나 고속도로에 접어든다. 차들이 빽빽하다. 그 많은 차들 사이로 곡예 운전하듯 끼어드는 차를 구경하며 스릴을 느낀다. 곡예 운전을 보며 나도 그렇게 곡예 운전해 볼까 하면서 실소를 짓는다. 책을 집어 들고 읽는다. 나도 모르게 눈이 스르르 감기며 잠에 빠진다. 그 잠이 꿀맛이다. 종점까지 가야하니 잠에 취해 골아 떨어져도 걱정은 없다. 차가 정류장에 도착하면 승객들이 내리느라 잠시 수선스럽다. 전철로 갈아 타고 몇 정거장 가면 직원이 미리 와있다.

일주일에 2-3일 정도 하루 왕복 4시간의 출퇴근, 창밖 구경하고 책 보거나 음악 듣고 즐거운 상상하다보면 지루함만 있는 것은 아니다. 어떤 것에서 맛볼 수 없는 즐거운 시간이 된다. 처음에는 시간도 절약되고 편안함으로 승용차를 이용하여 출퇴근을 하였으나, 고속도로를 빠른 속도로 운전하는 것이 부담스럽고 긴장이 되었다. 시외버스로 바꾸었다. 버스를 이용하니 마음이 편하다. 휘파람소리가 저절로 나온다.

퇴근 후 아침과 반대로 출발했던 터미널로 돌아온다. 버스가 정류장에 도착하고 아파트 숲 사이로 걸음을 걸으면서 콧노래를 부른다. 시끄러운 자동차 소리를 피해 도로가 아닌 아파트단지 사이 길로 걷는다. 이 사람 저 사람. 이 나무 저 나무를 보며 걷다보니 어느새 우리 아파트가 눈에 보인다.

"어, 오늘도 무사히."

슬픈 소식이 들리던데요

"슬픈 소식이 들리던데요."

길에서 우연히 전 직장동료 이규철을 만나 서로 반갑게 인사를 나누고 헤어져 차문을 여는 순간 들린 말이다. 처음에는 무슨 뜻인지를 파악하지 못하여 의아한 눈초리로 쳐다보았다.

"정년퇴직하였다고 하던데요."

이번에 30여 년간 몸담았던 직장에서 정년퇴직하고 야인이 되었다. '그런데 이것이 슬픈 소식인가?' 고개를 갸우뚱하였다. 답이 바로 떠오르지 않아 어정쩡한 목소리로

"아, 예."

대답하고 헤어졌다.

퇴직하는 것이 슬픈 일이라고 생각해 본 적이 없다. 30여 년

…동안 아침에 일어나 출근하고 저녁때 퇴근하는 반복된 생활 속에, 쉬는 날은 공휴일과 휴가가 전부였던 곳이라 명예퇴직할 때, 한편으로는 아쉬움도 있었으나 홀가분한 마음이 더 컸다.

동일한 업무를 30여 년 하다보면, 호기심 많고 자유분방한 사람은 견디기가 힘들다. 퇴직 몇 년을 남겨두고는 스트레스가 목까지 차 숨쉬기조차 어려울 정도까지 되었다. 중압감에서 벗어나고 싶었다. 전직한 후에도 근무여건이 빽빽하여 긴장감은 훨씬 더하나, 대신 매일 출근하지 않았다. 시간적 여유가 긴장감을 많이 상쇄하였다. 세상은 좋은 것이 있으면 나쁜 것도 있는 동전의 양면이므로, 출근일수가 줄어든 대신, 업무 강도는 상당했다. 시작부터 업무를 마칠 때까지 긴장해야 한다. 사고 없이 그날 일이 끝나면 일단 긴장에서 해방되는 꿀팁이 있었기에 업무시간에는 열심히 일했다.

작년에 그 직업도 내려놨다. 퇴직하면 비바람 몰아치는 황야에 보호막도 없이 서있는 그런 기분이라고 한다. 슬프고 고독한 것이다. 직장생활할 때가 좋다고 한다. 나도 어디든 소속하는 곳이 있었다. 어릴 때는 부모님, 학생 때는 학교, 직장은 국가 등이다. 그러면 소속기관이 시키는 대로 하면 해결도 되고 보호막이 된다. 억눌림보다는 보호된다는 안락함이 더 많다고 생각하였다. 나도 처음에는 황야에 버려진 것 같아 옆구리가 시린 것을 체험했다. 한편으로 퇴직이 수십 년을 하루도 빼지 않고 열심히 출근하여 맡은 바 업무를 별다른 과오 없이 처리하였기에 기여한 공로를 인정하여 긴 휴가를 받았다 생각하니 보람 있게 사용해야겠다는 생각이 들었다.

남은 시간을 어떻게 보내는 것이 좋은지 알아보았다. 가장 가까운 선배들은 어떻게 지내는지 궁금했다. 일부러 그들 삶에 대해 알아보니, 어떤 선배들은 퇴직 후 '백수'로 지내는 사람들이 많았다. 여유로움을 만끽하면서 보내고 있었다. 그것도 하루 이틀이지 별다른 취미가 없는 사람은 1~2년 내에 개업을 하든지 소규모 회사에 임원으로 재취업하고 있었다. 아침에 일어나면 회사에 출근하는 다람쥐 쳇바퀴에 습관이 생겨 놀면서 인생을 즐기는 방법을 알지 못하고 일에 묻혀 살아온 덕분이리라.

정년 연장을 반대하는 유럽인들의 데모하는 모습을 언론을 통하여 본 적이 있다. 우리는 정년 연장을 해 달라 데모를 하는데 유럽에서는 정년 연장을 반대하는 집회를 하였다. 그 모습이 생소하고 이해되지 않았으나 유럽을 여행하며 알았다.

"유럽인들은 정년까지 열심히 일하고 정년이 되면 연금을 받으며 한가로이 지내는 것이 그들의 최고의 꿈이다."

우리는 아직 유럽만큼 부강한 국가가 아니므로 우리는 의식주 문제에 부딪치고 해결을 위하여 열심히 일했다. 일이 없으면 무슨 큰일 나는 것으로 생각한다. 일만 알고 살다 일이 없어지면 불안하고 초조하게 되는 것 같았다. 의식주 문제가 해결되지 않은 사람이 아직 많기는 하나, 정년 후의 여유로움은 인간으로 당연히 가져야 할 권리다.

"목구멍이 포도청인데 당신 사람 약 올리는 거야?"

인간은 소중하고 행복하고 존엄하게 살 권리가 있다. 물질이 우선은 아니다. 물질은 마음을 보조하는 것에 불과하니 물질이 많아야 만족하는 것은 아니다. 누구나 자기 처지라는 것이 있으나, 생각해 보면 인생에 도움이 되는 그런 틈이 있다. 그 틈을 자기 여생을 위해 잘 활용하면, 크면 큰 대로, 작으면 작은 대로 자기의 행복을 찾을 수 있지 않을까.

글 한 줄을 쓰기 위해 몇 시간을 허비하고 있다. 이렇게 차곡차곡 밟아가다 보면 언젠가는 저 앞으로 가있는 것을 발견할 수도 있지 않을까 하는 생각으로 이면지에 연필을 굴려 본다.

"그래도 글 쓰는 것은 참 어렵다."

생명이 빛나는 순간

임성일 법 에세이